藏書

珍藏版

三十六計

于立文 主编
李金龙 编

伍

辽海出版社

皇甫嵩歼王国

东汉中平六年（公元 189 年）二月，汉将皇甫嵩击败王国的陈仓之战就成功地运用了釜底抽薪这一谋略。当时，王国率军围攻陈仓，左将军皇甫嵩与前将军董卓奉命率军四万救援。董卓主张速进，认为："速救则城全，不救则城灭"（《后汉书·皇甫嵩传》）。但皇甫嵩却说，百战百胜，不如不战而屈之。是以善用兵者，先为不可胜，以待敌之可胜。陈仓虽小，城守固备不易拔。王国虽强，攻陈仓不下，其众必疲，疲而击之，全胜之道也。因而采取了避其锐以击其衰的作战方针。王国自冬至春，攻城八十余日而不能克，部队力疲气衰，不得不撤围而退。这时，皇甫嵩抓住战机，挥军追击。董卓却在这时说："穷寇勿追，归师勿遏。"皇甫嵩力排董卓阻挠，连战连捷，歼灭王国所部万余人，王国落荒而逃。

楚汉成皋之战

自从项羽自称西楚霸王，建都彭城（今江苏徐州）以后，刘邦在汉中积极准备攻打项羽。公元前 205 年 4

月，刘邦乘项羽出兵山东的机会，占领了彭城。项羽得知后，立即回击刘邦，把汉军打得大败。刘邦带了几十人突围后，退到荥阳（今河南荥阳）、成皋（今河南汜水西北）一带，组织防御。他聚集残军，阻滞了楚军的追击。自此展开了楚汉成皋之战。

登坛拜将

楚汉两军相持于成皋、荥阳一线正面战场后，拥有优势兵力的项羽不断向汉军发动进攻。刘邦一面坚持防御，一面积极地展开一系列军事和外交活动，争取有利于决战的局面。在左翼，刘邦派韩信率兵出击，攻打归附楚军的魏、赵、燕、齐等国；刘邦又运用政治手段，使项羽的宿将英布背楚归汉，成了汉军有力的右翼；刘邦又利用活动在楚军后方的彭越部队，作为汉军的“游兵”，威胁项羽的心脏地区，刘邦还用计策离间了项羽和他的谋士范增的关系，使项羽失去了有力助手。公元前 203 年 6 月，项羽攻陷荥阳，进围成皋。刘邦为了避免不利条件的决战，就放弃成皋，一面征兵，一面派人破坏楚军的粮道，坚守不战，等候战机。

经过两年多相持，到公元前 203 年 10 月，侧翼的韩信攻下齐国都城，齐国向楚求援，项羽派了大将率兵二十万援助，结果被韩信歼灭。同时，活动在楚军后方的彭越部队打下了十七座城池，切断了楚军由彭城到成皋的一切供应联系。这时，楚军在战略上已经完全陷入被动。

为了打通粮道，项羽被迫亲自率兵打彭越，而把成皋一线交给曹咎，要曹咎坚守成皋，切勿出战。这时，刘邦认为决战时机已经成熟，便积极策划转入反攻。刘邦利用曹咎性情暴躁、军事素养不高的缺点，令汉军连日在楚军外挑战、辱骂。曹咎在盛怒之下率军横渡汜水，攻击汉军。当楚军刚渡河一半时，汉军发动猛烈反攻，将楚军击溃，又乘胜追击，夺回了成皋。项羽得知后，回军营救，但已难以挽回危局。

成皋之战后，战争的优势和主动权完全落在汉军手里，为汉军在楚汉战争取得全胜创造了有利条件。

楚汉成皋之战，刘邦在战争全局上就是采取釜底抽薪的作战方针，使强大的楚军陷于多面作战的困境，失去战争的主动权。

韩信计攻井陉

韩信和张耳，统率几万大军去打赵国，素知井陉口的险要，不敢轻视，屯兵在井陉口三十里外，遣人假装做生意的，混入赵城去探听消息。

赵王急召陈余等商议，谋士李左车献计说："韩信此次乘灭了魏国的余威，攻打赵国，其锐气是抵挡不住的。不过，我看他的军队战线太长，利在速战速决。井陉这条路十分险阻，只可容单骑通过，车子转弯，队伍不能成列，如果他要从这里进兵，势难兼顾给养，辎重粮草，必定留在后面，只要给我三万兵，绕道出击，截取他的粮草，这里深沟高垒，勿与交锋，到那时，他前进不得，后退不能，野无所掠，粮从何来？不出十日，韩信和张耳的脑袋就会送上门来了。否则，只凭军队固守是不会退敌的，这就是战术的机动性。"

陈余本是个书生出身的主帅，见识迂拘，自诩以仁义统军，不尚诈谋，便不用李左车计谋。

密探把这个情报告诉韩信，韩信高兴万分，遂令各将领，授以密计，分头部署去了，等到半夜里，全军拔寨起行，每人分给些干粮，传谕大众说："今日便好攻破赵国，打胜仗再吃早餐！"又挑选精兵二千人，各持汉军红旗，从小路转入小山埋伏，告诉说："大军和赵军对击，我会诈败引他追击，你等一见赵军空营追击的时候，就乘机杀入赵营去，砍倒赵军军旗，换上红旗，坚守着空营，就可以收拾他们了。"

韩信的大军已闯过了井陉口，陈余大开营门，出军迎战，恃着兵多势众，一拥上前，使用钳形攻势，想把韩信包围。韩信急下令军士抛鼓掷旗，返身逃脱。赵军见此情形，认为韩信不堪一击，倾营出动，拼力追击，如排山倒海一样，把韩信逼到河边。原来河边上，早已有汉军曹参退等列阵等待，见赵兵纷纷到来，就大声叫："前面是大河，退无可援了，想活的只有回身反扑。有谁不听令的，立即斩头！"

于是汉军回头反扑，拚死搏斗，无不以一当十。赵军被阻，无法再进。陈余见这样，便下令停止进攻，回营固守。

在回途中，遥见营中的军旗都变了样，一面面的随风飘动，好似红霞散采，鲜红夺目，仔细辨认，分明是汉军的红旗，不由得魂驰魄丧，色沮心惊。正在慌张的时候，斜刺里突出一军，乃是汉将傅宽引兵，又追击到了，两路夹攻，又展开一场大混战。

陈余此时自顾不暇了，连下令都不可能，想指挥一个士兵也无法，大家都在狼奔鼠窜，觅路逃生。

这场混战结果，陈余被杀，赵王与李左车被俘，赵国从此灭亡。

四面楚歌败项羽

历史上暴虐的秦王朝终于在各路反秦武装的围攻下灭亡了。但反秦的各路军队为争夺权势，又互相争斗起来。这其中以西楚霸王项羽和汉王刘邦两路人马的军事力量为最强，所以，他们之间为取得天下，竟进行了五年的对抗战，双方都疲惫不堪，兵士厌战，尤以项羽一方为甚。本来，当战争打到第四年秋天的

萧何追请韩信

时候，双方经过协商，决定停战，彼此约定以鸿沟为界限，鸿沟以东归项羽，鸿沟以西归刘邦，各自退兵，再不侵犯。

约定后，项羽把拘押在本营中的刘邦亲属全部送还刘邦，并老老实实地按着协约规定率部向东撤退。刘邦也准备把大军撤回关中地区，然而，他的谋臣张良却向他建议说："现在楚军已兵疲粮绝，与我军形成鲜明的对照，再者，各路诸侯都归附我们，这有利于我方的形势，决不可退兵，要趁势全歼楚军，以免后患！"刘邦早就有独霸天下的野心，见下僚与他不谋而和，便决定背信弃义，追击项羽。

起初，刘邦手下的战将韩信和彭越见战事又起，热情不高劲头不大。张良见此情形，向刘邦献计说："要想调动两将军的战斗激情，必须予之好处，何不告知他们：若打败楚军，将平分楚地，韩、彭各半。"刘邦依计行事。果然，韩、彭两人得此消息，精神倍增，立即大举进兵，直逼项羽于垓下（今安徽灵壁县东南），并将其团团围住。

刘邦等人素知项羽勇猛过人，而且从江东带来的八千子弟兵与他情同手足，要想速胜，谈何容易！最后，刘邦与臣僚们商量出一个计谋：瓦解军心，涣散斗志，离间项羽与其部下的关系。于是，在汉军营中教唱兵士楚地的歌曲，在战场上高唱。一时间，楚军四面楚歌，此休彼起。项羽军队中的士卒听到家乡民歌，倍感亲切，自然引起了他们的思乡之情，有的随之唱和，有的潸然泪下，哪还有人有心思打仗。

项羽面对如此情况，真是无可奈何，他的宠妃虞姬舞剑后，鼓励项羽赶快杀出重围，东山再起，说罢自刎身亡。项羽悲愤到了极点，这时汉军杀来，尽管项羽力战乌江边上，且有渡江逃命的机会，但他仍觉得无脸面再回江东，于是拔剑自尽。至此，楚汉之争以刘邦获胜而告终。

刘邦施计“四面楚歌”，很见成效，这种攻心战术，使得对方军心迅速涣散，战而胜之，真可谓聪明至极。

动以情理，釜底抽薪

田豫，字国让，渔阳雍人。刘备投奔公孙瓒时，田豫还很年轻，他自托于刘备，刘备非常惊奇。刘备做豫州刺史时，田豫以母亲年老的理由请求还乡。刘备流着眼泪与他话别说：“恨不能与您共成大事！”公孙瓒派田豫做东州令；公孙瓒的将领王门反叛公孙瓒，替袁绍率万余人来攻他。大家都很惊慌想要投降，田豫登上城门对王门说："公孙瓒待你很厚，你离他而去，我以为是不得已，今天你带兵做贼，才知道你是一个叛乱的人，有一点点知识的人都知道守住自己的气节，不为人所用，我已经受命迎接你，你为什么不赶快攻打呢？"王门惭愧而退兵。公孙瓒虽然知道田豫有权谋，但并不重用他。公孙瓒失势，鲜于辅被国人所举，代理太守，非常赏识田豫，任田豫为长史。当时群雄并起，鲜于辅不知所从。田豫对鲜于辅说："最终能够定天下的是曹操。应该赶快归顺曹操，免遭后祸。"鲜于辅听从了他的计策，归顺曹操后，得到了曹操的常识和重用。太祖召田豫为丞相军谋掾、授颍阴、朗陵令，后又升迁为弋阳太守，他所治理的地方都井然有序。

鄢陵侯新征伐代郡，任田豫为相。大军驻扎在易北，当地的虏寇派伏兵袭击他，军中大乱，不知如何对付。田豫依照地形，排成了回车结环阵，让将士拉满弓箭守在内，又派一些迷惑敌人的兵士在衔接部位。当地的虏寇不能打入，也就散去了。田豫派兵追击，虏寇大败，于是部队继续向前，平定了代郡，这全都是田豫的计策。

田豫升迁南阳太守。开始时，郡人侯音造反，数千人在山里为群盗，成了郡中的最大祸患。前太守抓了群盗里的五百多人，上奏朝廷都应该判死罪。田豫却一个个接见被抓的囚犯，安慰他们，给他们一条自新之路，一时打开他们的枷锁，放他们回家。这些囚徒都叩头感谢他，愿意为他效力，回去后他们互相转告，群贼一时解散，郡内从此太平清静。这些事上报到朝廷，太祖很赞赏他。

吕蒙白衣渡江智胜关羽

公元 217 年，孙权命吕蒙就任汉上太守，驻守陆口。这样，吕蒙便与西蜀驻守荆州的关羽形成了对峙的局面。

吕蒙早就看出关羽是骁勇之将，并有吞吴之心，迟早会发兵进攻东吴。便表面上与关羽修好，背地里却积极练兵备战。

公元 219 年，关羽率军攻打曹军的樊城，吕蒙认为消灭关羽的时机已到，急忙向孙权上疏："关羽进攻樊城，留守部队却很多，显然是担心我抄其后路。我常常有病，请以治病为名把我召回建业，关羽听说我离开汉上，一定会把南郡、公安的军队调往樊城前线。那时，我军就可沿江昼夜急进，偷袭其空虚之后方，则南郡可得，关羽可擒矣。"于是，吕蒙扬言自己病

关云长败走麦城

重，孙权派人把他召回了建业。为了稳妥起见，吕蒙推荐了很有才能但名气不很大的陆逊代替了自己。

陆逊到了汉上之后，依吕蒙之意，派人给关羽送去了一封信，在信中极力称赞关羽的才能。关羽接到信后，觉得替换吕蒙的陆逊是个没有经验的青年将领，也就认为大可不必疑虑重重了，这样，便把驻守在南郡的军队调出一部分到樊城前线。

关羽水淹了曹操派来救援的七军，大败于禁之后，粮食出现了危机，他为应急而抢夺了东吴储存在湘关的粮食，这下，就给孙权进攻关羽制造了口实。于是，吕蒙率军进攻关羽。

吕蒙率精锐部队沿江而上，昼夜兼程。进到浔阳后，便把所有的战船都伪装成商船，使士卒一律换上商人穿的白色服装，船甲上不见几人，而在船舱中埋下精兵。关羽的守兵见是白衣商人，就允许他们把船停在江边。这样，吕蒙军每到一处，便把守候烽火台的荆州士兵全部缚住，以至于吕蒙来到了公安、江陵之地，关羽毫无所知。

驻守江陵、公安的关羽部将糜芳、傅士仁，平素与关羽有隙，吕蒙利用这个矛盾令故骑都尉虞翻给傅士仁写信，向其讲明成败利害。傅即投降，糜芳随后亦降。吕蒙占据江陵后，对于关羽及其将士家属，全都给以抚慰，并且命令全军，不得掠忧百姓，以此来笼络民心。

关羽得知南郡失守后，数次派人来打探吕蒙动向。吕蒙又厚待来使，并且让使者在城中周游，访问关羽及其将士的家属，同时让家属给亲人写信。当使者回到关羽军中时，将士们得知自己家中平安无事，受待遇还胜过以往，故尔无心再与东吴打仗，有些人甚至偷偷地逃回江陵。由于军心瓦解，最后关羽在与孙权交战时，败走麦城，吴军擒获关羽，斩首。

大败关羽，关键在于吕蒙伪称有病而使其不备，白衣渡江而使其无防，进城安民而使其军心涣散。在计谋上，每一步都显示出吕蒙棋高关羽一招！

满宠巧移城

三国魏文帝青龙元年（公元233年），满宠任征东将军，负责扬州一带的军事，坐镇合肥。当时，合肥城南临大江，北与寿春相距又远，东吴看到合肥城这一弱点，所以，经常出动水军骚扰此城。而当曹魏派兵救援时，吴军已占得了便宜，从水路撤走了。这样，吴军扰困合肥，魏军疲于奔命。

这一年，满宠为了根本解决肥城问题，经过深思熟虑，向文帝上书，建议把合肥城西移三十里。因为那里有险可守，而且离江较远，一旦吴人前来攻扰时，必须弃船陆战，这样吴军便失去了水军优势，这利于魏军与敌作战。

书信送至朝廷后，护军将军蒋济极力反对，他认为“迁城”是“示天下以弱”，同时也是自己放弃防守的畏敌策略。魏文帝见此话有些道理，一时不知孰是，于是，便把满宠的请求搁置起来。后来，满宠又一次上书说辩此事，朝廷此时也无良策来平息合肥战事，便同意了满宠的请求。

魏人兴师迁动合肥城，东吴自孙权以下都议论纠纠，多数人认为满宠因恐惧而迁城，应趁其新城立足而未稳急攻之。孙权认为是，便即率大军渡江，准备攻打合肥新城。临上船时，孙权得意地对臣下说：“不出数日，一定可以占据合肥。”

当孙权得意洋洋地抵达新城时，不禁大吃一惊，原来这座新城座落在距江边很远的地方，而且依险而筑，即使没有援兵，孤城也可以支持数载。当下，孙权下令所有部队返回船上，并把战船泊在江中，再另商议。结果，孙权真是骑虎难下，有心攻城，但城距岸边及远，一旦曹军出奇兵断后路，后果不堪设想；如若回军，这一无所获的进军与自己行前所言不符，脸面上何能过去。

此时，满宠把孙权的行动看在眼里，已分析出他游疑不定的心理。他想，孙权不会贸然攻城，陷入持久之战；也不会悄然撤军，有违其脸面。孙权极有可能派军队到岸边炫耀，为自己找得下台阶的借口。于是，满宠便布置了六千骑兵埋伏在城后，准备一旦吴兵上岸，便突然发起冲锋，打敌人于措手不及。

过了几天，果然有几千吴军将士从船上下来，爬上江岸，在岸边一片开阔地带往来驰骤。正当这些吴兵忘乎所以的时候，满宠下令伏兵出击。霎时间鼓角齐鸣，城后六千骑兵从天而降，直扑到毫无准备的吴兵面前，似猛虎驱羊一般地砍杀起来。吴兵顿时大乱，毫无斗志，转瞬间吴兵横尸遍地，有些跑不及的竟然跳入江中，这下，被水淹死的又是无数。孙权眼见岸上吴军的败象，无可奈何，最后，只好拉起败师而归。

魏蜀陇右之战

228年1月，诸葛亮率蜀军主力6万余人北攻曹魏，一路所向披靡，连克天水（今甘肃甘谷东南）、南安（今甘肃陇西东）、安定（今甘肃泾川西北）三郡，兵临渭水之西，远近州县之敌，望风而降。一时间魏国上下人心惶惑。魏明帝曹睿急调右将军张郃率步骑五万，自洛阳驰赴关中，救援陇右。张郃没有同蜀军主力正面交锋，而是直插其侧翼，奔袭位于渭河与麦积山（今甘肃天水县东南）之间的街亭（今甘肃天水县东南街子口）。街亭是由陕入陇要隘，地理位置极为重要。诸葛亮一时失察，派没有实际作战经验的马谡为将，分兵据守。马谡刚愎自用，以为街亭只是山僻之险，魏军不会前来。岂料张郃大军神速而至，把蜀军四面围定，并断了汲水之道。马谡多次冲击无效，军中断水，军心动摇，最后马谡只得驱残兵逃遁。街亭失守后，蜀军侧后受到严重威胁，全线陷于被动。诸葛亮前功尽弃，被迫退回关中。

祖逖北伐

319年4月，晋蓬陂坞主陈川投降后赵，晋将祖逖攻陈川与后赵援兵，战于浚仪，失利，一退梁园，再退淮南。后赵石虎将陈川部属5000余人徒往襄国，留其部将桃豹守陈川故城。次年，祖逖部将韩潜与桃豹分别占据陈川故城，桃豹居西台由南门出入，韩潜居东台由东门出入，两军对峙无战40余天。祖逖见桃豹恃强据城不去，遂使“示丰计”。他命令用布袋装土如盛米状，使军士千余运上台，招摇过市，示丰于桃豹。为了使桃豹坚信晋军粮丰，祖逖又使数人担米，佯作疲劳态而休息于道中，待后赵兵一到，即弃下粮担而去。桃豹的军队缺粮已久，得祖逖“示丰”遗道之米，以为祖逖军粮食丰足，对垒之志遂发生动摇。祖逖用“示丰计”疑兵惑敌之后，又使军队邀劫后赵运粮部队，尽获其军粮。釜底抽薪，给桃豹以真实的一击。桃豹在这种晋军丰食而我匮粮的真假不分的判断下，只好三十六计“走为上”，趁夜撤兵归师。祖逖因此趁势收复失地，并频频出击后赵。自黄河以南诸地，因此形势变化而纷纷叛后赵归晋。

慕蓉恪攻广固

十六国时，前燕将军慕容恪讨伐段龛，将其困于广固城里。当时军中有人劝慕容恪迅速攻城，慕容恪则认为，用攻城的方法对付敌人是最下之策，只有在实在不得已之时才去用它，现在敌人虽城高池深，但兵多粮少，外部也没有强大的援助，就应当紧紧地围困住敌人，慢慢地攻取它，这比迅速攻城效果好得多。慕蓉恪还说，目前段龛的兵还很多，没有离叛之心，又占据险要地势和坚固城池，上下齐心合力。如果我们使用全部兵力拼死强攻，也许几十天后能攻下城来，但到那时我们的伤亡也一定不会少于敌人。慕容恪下令在城外修筑营垒，做好长期围困的准备。广固城内的齐军因内无粮草，外无援兵，不久就兵败城破。

唐平徐敬业

唐高宗死后，唐中宗继位，武则天临朝听政，掌握实权。光宅元年（684 年），徐敬业在扬州起兵 30 万前往扬州讨伐，魏元忠为监军御史。当时徐敬业驻在下阿溪，他弟弟徐敬猷驻在淮阴。诸将建议先攻阿，攻下阿，淮阴自然瓦解。魏元忠独持异议，认为“敌人精锐全部驻守下阿，是想与官军决一死战，一旦我们失利，就难以取胜。而徐敬猷是个赌徒出身，不懂带兵打仗，并且他兵少容易动摇，我们进攻他，有把握取胜。徐敬业怕我们直捣江都，一定在半路拦击，我们乘胜而进，又以逸待劳，肯定能将他打败。李孝逸采纳他的建议，率兵进击淮阴，敬猷果然被一举击败，落荒而逃。李孝逸乘胜进兵，徐敬业率兵阻击。李孝逸顺风火攻，结果叛军大败，徐敬业被斩。

釜底抽薪除奸雄

严嵩老贼罢归故里不久，其子严世藩也从流放途中偷偷跑回家中。父子二人恶习不改，回到乡里后仍作威作福，横行乡里，那里人们敢怒不敢言。有一个名叫郭谏臣的袁州推官因公务路过严嵩家乡，见严府仍是豪华奢靡，尚有上千工匠正在给严府建造园亭，想上前看个究竟。没想到没等他靠近，就被严家监工训斥一顿。郭谏臣羞怒异常，心想严嵩父子实在嚣张，不想法除掉早晚是个祸害，于是写了一篇措辞犀利的奏章，上疏明世宗，弹劾严氏父子。世宗看后大怒，当即命法司立案查办。

严世藩入狱后，毫不惊惶，每天照吃照睡，就好像没事人一样。他的一些亲信见了很是纳闷，向其打听究竟。严世藩笑道："他们状告我们父子，还不是先前所列罪行，业已判过；其中牵涉到私通倭寇之事，乃与杨继盛、沈炼两亲相连，都是皇上亲自批办的，他们还能拿皇帝试问不成？我料想过不了多久，他们就得乖乖地把我释放出来。"那些亲信听了喜不自胜，四处散布游说，扬言如果仍按杨继盛、沈炼两案弹劾严家父子，才可将其置于死地。刑部尚书黄光升、左都御史张永明、大理寺卿张守直等大臣都被严氏一伙蒙蔽住了，也准备将杨、沈两案归罪严氏父子，按此内容写好了一份奏章，拿给老臣徐阶看，

三十六计之釜底抽薪

请他提出意见。徐阶听了接过奏折细读了一遍，淡淡一笑，不置可否，只管让众人进内厅品茶。徐阶待大家落座后，屏退左右，才开口问道："诸君以为严公子当死还是当生呢?"黄光升等齐声说："严世藩死尚不足以赎罪，怎能让他活命?"徐阶听后笑道："既然要让他死，为何还要牵连杨、沈两案呢?"张永明愤愤地说道："所以致此，正是要用他去偿命。"徐阶打断他的话，冷静地分析道："杨、沈两人冤死，人人不平，但杨、沈两案都是由皇上颁旨处置的，当今皇上英明，岂肯认错？如若按你们所写申奏上去，皇帝一定会怀疑法司借严氏归罪于他，一旦皇上震怒，你们都可能因此获罪，严世藩不仅不会被处死，还会被皇上恩准释放呢。"黄光升等人听了徐阶这番话，不住点头称谢，忙问徐阶有何办法。徐阶慢慢说道："严氏奸党在京耳目众多，稍有疏忽，就可能泄露机谋，导致失败。现在应当以这份稿子为主，把严氏父子聚众为逆之事尽情阐发，并参入旁证，这样写一定能打动皇上。"众人听了齐声赞同，公推徐阶去完成。这时，徐阶微笑着从袖筒中抽出一卷纸，对众人说："我已草拟了一份，请诸公过目，不知是否可用?"众人传阅后，见稿中所列严氏父子罪行条条俱在，人证物证具体确凿，分析入情入理，都表示赞同。

第二天，黄光升将徐阶的奏疏呈上，世宗看罢果然大怒，即命都察院，大理寺、锦衣卫严加审讯。徐阶见严世藩招供认了罪，连忙返回家中，赶写了一份奏疏，里面写道："严世藩交通倭寇、密谋叛逆等罪行已勘实，并有确凿证据，为平公愤，宜正典刑。"马上送往宫中，世宗阅后，即下令将严世藩及同伙罗龙文处斩。没过几天，这两人就被处决了。

三元里人民抗击英军

1841 年 5 月，英军侵占广州后，四处抢掠财物，无恶不作，激起当地人民的满腔怒火。5 月 29 日，盘踞在广州城北四方炮台的一群英兵，窜到三元里为非作歹，被韦绍光等村民打死八九人。其余强盗狼狈逃窜。韦绍光料定敌人必来报复，随即动员组织了附近 103 乡的广大群众，迅速形成一支浩浩荡荡的抗英武装力量，并商定将英军诱出它所依靠的四方炮台，然后将其围歼。5 月 30 日清晨，三元里集合数千人的队伍，冲向英军营地四方炮台。英军司令卧乌古率 2 千多英军，携枪带炮，倾巢而出。但抗英群众不与敌人正面交锋，机智地避过敌人的炮火，按预定计划，将英军诱至三元里北面的牛栏岗，霎时间，埋伏在那里的上万群众，手持大刀、长矛、木棒，杀声震天，排山倒海般地扑向敌人。英军虽然有洋枪洋炮，但人生地不熟，变成了瞎子聋子，见势不妙，慌忙躲进密林。抗英群众层层包围了密林。下午，暴雨来临，群众越战越勇，而英军因火药受潮，枪炮失灵，士气越发低落。抗英群众向密林猛攻，使英军少校毕霞等人先后丧命，许多英军跪在地上叩头求饶。

左宗棠西征

19 世纪中叶，阿古柏入侵新疆，建立伪政权，英俄同时觊觎，新疆面临被肢解的威胁。1875 年，清政府任命左宗棠为钦差大臣，督办新疆军务，收复新疆。左宗棠认为新疆远离内地，交通不便，粮运困难，主张“缓进速战”，鉴于阿古柏的主力在天山南部，而天山以北白彦虎、马人得等新附，战斗力较弱，认为先南后北或南北并进，或致清军屯军坚城遭敌夹击，或致兵力分散而失利，因此确定“先北后南”方针。实施这一方针，便于粮弹供应，各个击破，先取天山北路，胜可进军天山以南，败可固守待机。1876 年 4 月，清军进入新疆，连克乌鲁木齐、昌吉、玛纳斯，收复北疆。次年春，清军进军南疆，在达坂城、托克逊、吐鲁蕃三战告捷，阿古柏败亡。随后清军粉碎白彦虎部阻击，克库车、阿克苏、乌什、喀什噶尔，阿古柏之子伯克·胡里和白彦虎逃往俄境，至11月底南疆全部收复。随后，中俄经谈判交涉，沙俄归还伊犁地区。

曹州之战

1864年11月，捻军与太平军余部合兵一处，共推遵王赖文光为最高领袖，统一指挥反清作战。赖文光对部队实行了整编和训练，易步为骑，加强了机动作战能力。11月9日，清廷派出素以凶悍著称的蒙古亲王僧格林沁，由直隶大名南下，前往追剿。赖文光决定采取以走制敌的运动战，先拖垮敌人，尔后寻机歼灭。僧格林沁不知是计，反而以为捻军东奔西走是因为在自己的打击下粮食匮乏，难以立足，流窜各地就食，已成溃败之势。于是命令将士身带干粮，人不卸甲，马不下鞍，不分昼夜，尾随追击，企图一战而胜。就这样，捻军牵着敌人的鼻子，从豫西、豫中、豫东、豫南一直到山东，行程数千里，一走就是2个多月。捻军机动灵活，往往到达一地休息几天后，清军才气喘嘘嘘地赶到。捻军忽南忽北，忽东忽西，使清军晕头转向，疲惫不堪，被拖死者数百，连善于骑射的僧格林沁本人也是手不能勒抑战马缰绳，只好用布条搭在肩上，把手系着，以便驾驭坐骑。1865 年 5 月，僧格林沁大军追至山东曹州（今山东荷泽县），赖文光先以少数人马引诱敌军，主力隐蔽在一片柳树林里。清军刚刚进入埋伏圈，捻军号角齐鸣，伏兵四起，将其团团围住。僧格林沁气得暴跳如雷，几次突围都被击退。经整日鏖战，捻军全歼蒙古骁骑 1 万余人，僧格林沁力竭身死。

乌尔姆战役

1805 年 8 月，英国与俄、奥、瑞典等国组成第三次反法同盟，准备在欧洲大陆与拿破仑一决雌雄。根据确切情报，俄已向西调动，奥地利也向多瑙河上游推进，打算会合后，与瑞典一道对拿破仑帝国实施战略性包围。拿破仑帝国面临着腹背受敌的严重威胁。当时，拿破仑的主力布置在加莱海岸的布伦港，准备对英国发动一次大规模的渡海作战，然而事态的发展使拿破仑不得不放弃经过 2 年来苦心筹备的攻英计划。他果断作出决定：立即掉头东向，力争在俄奥两军会师之前集中足够的兵力，首先歼灭多瑙河上游奥军，直取奥地利首都维也纳，尔后乘胜打败俄奥联军，迫使第三次反法同盟瓦解。为实现这一作战意图，拿破仑命令分散在汉诺威、布鲁日、布伦和布列斯特等地的法军，必须在 9 月底以前进抵莱茵河一线。由于各军驻地分散，从原地到达莱茵河前线距离约为 600～800 公里。按照一般的行军速度要走 40 天，然而布伦军营法军主力却在短短 20 多天之内出色地完成了行军任务。拿破仑仅用了不足一个月的时间，就把 17.6 万大军从大西洋海岸布伦港调至莱茵河前线。与此同时，奥军也沿多瑙河开进，9 月下旬，奥军统帅费迪南大公和参谋长麦克率军进至多瑙河与伊勒河汇合处的乌尔姆要塞，这是阻止法军进入中欧的一道天然屏障。他们得意地认为十月中旬之前，法军不可能赶到多瑙河一线，因此作出了假想法军主力不会很快前来，俄军不久就能同奥军协同作战的布置。9 月 25 日，拿破仑到达莱茵河边上的军事重镇斯特拉斯堡，接过大军的指挥权。10 月 6 日，法军一部在多瑙河沃尔特附近突破多瑙河奥军防线，随后大军不顾一个月来连续作战的疲劳，如潮水般从四面八方扑向乌尔姆要塞。这时费迪南仍然固执己见，以为法军不是天兵，不可能这么快就把主力调到这里，因而没有采取积极的军事行动。10 月 14 日，拿破仑兵临城下，奥军慌忙调整布置，但已于事无补。10 月 17 日，奥军被迫接受投降。此役法军以阵亡 500 人的微弱代价，消灭了多瑙河地区的 5 万奥军主力。

克里木战争

1853 年 10 月，英法与俄国因为争夺土耳其海峡和君士坦丁堡而爆发了克里木战争。当时，英国正处于“海上霸主”地位，法国舰队实力雄厚，而俄国海军只有依靠几艘战舰和一些民用船只，能够投入战斗的陆战队不足千人。面对强大的英法海上舰队，俄国统帅穆拉维约夫决定避开强大的敌人，拖延时间，伺机打击敌人。他把所有海军及战舰都撤入彼得罗巴甫洛夫斯克港，配置大炮，加强港口防御，并在英法联军可能登陆的地方布置伏兵，以防敌人登陆偷袭。英国在强攻不下时，果然派遣登陆部队，突袭俄军基地。在遭到埋伏俄军的迎头痛击后，又撤回船上，整顿待命。后来当英法以更强劲的舰队向彼得罗巴甫洛夫斯克港进攻时，此港人员和设备已转移到惯于作战的哥萨克居民所在地阿穆尔河口。在那里，哥萨克居民配合俄军英勇反击英法登陆部队，使他们寸步难行。这样，英法舰队始终找不到与俄海军作战的战机，反而不得不在遥远的补给基地与远东港口之间来回穿梭，疲于奔命，终于不胜而退。

南北战争中的釜底抽薪

美国在一八六一年爆发了南北战争。林肯招募志愿军讨伐南方叛逆，但缺乏将领，被南军打得大败。林肯为了挽回败局，发布了解放令，让所有奴隶都成为自由人，黑人勇跃参军，士气高涨，在葛底斯堡打了大胜仗，全军欢声雷动。但林肯却忧虑重重，他认为战争的胜负，不在于一城一池的得失，现在南军逃跑了，还会组织力量反扑过来。于是他任命格兰特为统帅，兵分四路进攻南军。有一路是谢尔曼带领十万大军，孤军深入佐治亚州首府亚特兰大。因长途跋涉，枪支弹药无法供应，军队受阻，伤亡惨重。这时，谢尔曼处境很危险，但是他能抓住对方的致命弱点，运用釜底抽薪办法，每打到一个地方，就宣布“解放黑奴令”，并将白人领主的粮食分给黑人。被解放的黑奴就纷纷行动起来，捣毁南军粮仓及军火库，带着夺来的粮食和武器前去支援北军，使谢尔曼顺利地攻下亚特兰大市，把南军全部围歼了。

德军士兵成了英军的宣传员

1918年2月，协约国军总司令部终于解除了禁止用飞机投撒传单和小册子的禁令，英国随即成立了对敌宣传本部的“克尔之家”，开始了有计划的宣传心理战。英国的宣传目标首先是指向敌人前线的部队，旨在摧毁对方的士气，然后使德国整个垮台。

一次，英国人精心准备了一份送给德国士兵的传单，名为《告向西部前线进军的将士》。英国人这样写道：……将士们，你们是向西线进军还是向巴黎推进？将士们，你们知道在西线有什么吗？那里有你的坟墓……你们的皇帝是在你们的背后生存者中的一个。他把他的十字勋章授予了兴登堡了。鲁登道夫也得了同样的勋章——大十字架勋章。他们取得了胜利，因此是幸运的。可是，你却追求你的坟墓……将士们，再见吧，今天你是我们伙伴中的一个，和男女及现在活着的一切东西在一起。可是，明天你却是木石及一切无生命之物的主人。

这种宣传把德国一般普通将士同德国皇帝及主要战场负责任者区别开来，指出他们在前线的流血牺牲只不过是为了当权者的利益而卖命，从而很容易为德军下层士兵所接受。英国人的宣传使德军士气大受挫伤。而且更严重的是每一个从前线休假回到后方的士兵，也都不知不觉地成为英国人的宣传员，使得消极失败的情绪在德国国内得到蔓延。对此，德军总参谋部既愤慨又害怕。德军副总参谋长鲁登道夫在指责这种行为时无不忧虑地说："他们竟把个人和全军的荣誉及尊严都拖进泥沼，并且对国内人民的情绪产生了破坏性效果"。在战争后期，德军不得不向自己的士兵收购英国和法国的传单。

法兰西之战

1939年秋，希特勒以"闪电战"攻占波兰之后，即着手准备在西线发动攻势，迅速打败英法联军，迫使法国投降。当时，法军主力部署在法德边境长约750公里的马其诺防线，如果从东南发动正面进攻，成功的希望极小。鉴于此，德国"A"集团军群参谋长曼施坦因提出了一项从联军防守薄弱的西部迂回包抄马其诺防线的作战方案。其战略意图是：以庞大的装甲部队突破比利时南部道路崎岖但法军防守最薄弱的阿登山区，在色当附近强渡马斯河，迅速向西推进，突击法国的开阔地，或沿马其诺防线南下，或沿苏姆山谷北上英吉利海峡，截断联军退路。这一乘敌间瑕、击敌不意的方案得到希特勒的批准。1940 年 5 月 10 日，德军 136 个师 330 万人在从北海沿岸到瑞士国境长达 800 公里的战线上，分三路向法国展开猛攻。北翼，“B”集团军群 29 个师进攻荷兰，压向比利时，把联军第 1 集团军的兵力吸引到比利时加以牵制；中部，“A”集团军群 45 个师担任主攻，在攻击比利时后，即以几万辆坦克、装甲车拉了 110 公里的战线，强越了马其诺防线北端法国总指挥部视为“天然屏障”、“绝对不可能越过”的阿登山区，仅用 33 天时间，便突破马斯河，攻克法国西北要塞色当，直插英吉利海峡，沿着联军兵力布署上一条狭长的间隙迅速开进，将联军合围在法国北部港口敦克尔克：南翼，“C”集团军群 19 个师牢牢吸住马其诺防线上法国第 2 集团军 43 个师。由于法军主力既不主动出击，又不援助其他战线，很快被迂回包抄，挤在马其诺防线东南一隅。这样，在进攻的第 6 天，法军败局已定。6 月 5 日，德军主力从马其诺防线到英吉利海峡之间，沿埃纳河和索姆河一线发起攻势。14 日，德军占领巴黎。22 日，法国投降。

美军的釜底抽薪战略

第二次世界大战末期，盟军在太平洋战场上对日本的一系列反攻，使日军节节败退。但由于日本的战争潜力还比较大，加之日军作垂死挣扎，盟军的第一次对日军的战斗都要付出很大的代价。仅在班塞岛登陆战斗中美军就伤亡了 16，000 余人，而在菲律宾战役中则伤亡多达 62，000 余人。美国参谋长联席会议根据当时的太平洋战争进程，估计可能要到 1947 年才能彻底打败日本，为此还将伤亡 100 万美军官兵。按照这种估计，战争的时间显得还很长，将要付出的代价无疑非常惨重。

为了加快胜利的步伐，缩短战争进程，减少伤亡代价，美军除了通过反法西斯统一战线的外交渠道对日本施加压力，敦促苏联红军出兵参加对日作战外，还采取了釜底抽薪的战略措施：即在对日本紧缩进攻包围的同时，再对日本周围海域实施大规模的水雷封锁，造成日本近海海域无法通航，切断日本与外界的联系，以破坏、瓦解日本赖以维持战争的经济基础，削弱其战争潜力，使之尽早认输。此招果然奏效，不久，日本所急需的石油、煤炭和粮食战略物资出现了严重短缺的现象，很多船只和飞机因得不到燃料而停航停飞，军工厂关闭，造船厂停工，粮食供应紧张，国民陷入一片混乱，国家濒于瘫痪。釜底抽薪战略达到了预期的目的。

“俾斯麦大海战”

军备物资对战争的重要性是世人皆知的。谁有了雄厚的物资作后盾，谁就有了取得胜利的重要保证。第二次世界大战期间，在太平洋战场上指挥盟军作战的美国名将麦克阿瑟对此道的认识更为深刻，他经常指挥他的部队切断日军的增援和补给线，给日军以釜底抽薪的打击。

1943年2月28日，日军为了加强莱城和沙拉莫战略要地的防御，从腊包尔派出一支庞大的运输船队进行增援。这支运输船队有8艘运输舰，装有大约7000名士兵和陆战队员，还有大量军备物资，船队由8艘驱逐舰护航。麦克阿瑟得知这一情报，即命令集结空中力量在巴布亚和澳大利亚东北待命。3月2日上午，他派遣29架B—17轰炸机，轰炸该船队，炸沉日军4艘运输舰。第二天，又先后派出400多架飞机，组成巨大机群，几乎将这支日军运输船队和护航驱逐舰全部击毁，运输船上的日军绝大多数丧生鱼腹，船队装载的给养、军需用品也全部沉入海底。麦克阿瑟称这次袭击日军运输船队的战斗，为“俾斯麦大海战”。这次海战，对麦克阿瑟夺取莱城和沙拉莫阿起了巨大的作用。

对日本作战中的海上封锁与战略轰炸

二次大战后期，在太平洋战场上，盟军以 1944 年起对日本侵略军发动了大规模的反攻。由于日军还有相当大的战争潜力，每次战役都打得很艰难，盟军牺牲很大。美国参谋长联席会议分析，按照当时的战争进程，预计要到 1947 年底方可彻底战胜日本，而还将伤亡 100 万美军官兵。为了缩短战争进程，减少伤亡，除采取其他措施外，针对日本的地理条件以及资源贫乏，原料、燃料、粮食等很多物资依赖进口，进口货物又都必须通过海上运输线的特点，采取了“釜底抽薪”的战略以破坏日本的经济基础，削弱其战争潜力。

美军的主要做法是断绝日本海上运输线，在日本近岸海域实施海上封锁作战和对日本本土的战略轰炸。

海上封锁日本的主要作战形式是水雷战和潜战。水雷战命名为“饥饿战役”，从 1945 年 3 月 27 日起，直到8月15日日本投降止，历时四个半月，美军13—29轰炸机总共出动1546架次，沿日本海上交通要道布设水雷1.2万多枚，击沉日本舰船670艘（近140万吨），更多的舰船被迫停航，使日本海上交通陷于停顿，失去了战争物资补给之源，使其战争机器无法运转。配合“饥饿战役”，美军还展开了命名为“骗子战役”的潜艇战。从1945年5月27日至6月24日，美军派遣9艘潜艇，突入日本海，袭击日本海上运输船。在近一个月的袭击作战中，共击沉日本各型舰船近40艘。美军对日的战略轰炸自1944年就开始了，主要是以日本本土的工业城市和住宅以及交通要道为目标。

对日本本土的海上封锁、战略轰炸，造成其物资短缺，经济崩溃，无力支撑战局，成为其无条件投降的一个重要因素。

伊拉克的使馆战

海湾战争中，各国驻科威特的外交官，起着伺探军情、从内部分化伊拉克等重要作用。萨达姆为了逼走驻科威特的各国外交官，也采取了绝其生计、劳其体肤、削其意志的釜底抽薪之计。当时，一些驻科威特的外交使坚执不撤离。萨达姆采取强硬措施，断然取消了对这些使馆的水电、燃料及粮食供应，断绝了这些人的生话。海湾地区，炎热的夏季，沙漠高温使人无法忍受，由于断电不少使馆食品腐烂变质；由于缺水许多使馆工作人员难以为饮；有的使馆由于气温高又无法启动冷气机而被迫露天席地在户外过夜……，萨达姆通过这样的手段，使各国使馆在科无法生存。最后，60 多个国家的外交使馆被迫陆续撤离科威特。实际上，萨达姆逼走各国使馆的行动，在对付残留在科威特的敌对势力方面来说本身就是一个釜底抽薪之计。

美日的“拿来主义”

在军事上，釜底抽薪是一种从根本上削弱其战斗力的方法。在经济竞争中，则表现为抓主要矛盾。当前，人才和技术是关键，美国、日本等先进国家都把引进人才和技术作为制服对手的主要环节来抓。

为了学到技术，在日本，一般不准外资独资经营。日本虽处于经济实力、贸易和科技三项强国的地位，但仍坚持大量引进先进技术。

美国十分重视引进人才。二次世界大战之后，美国引进了高级科学家、工程师、医生等共 24 万人。在美国，一个人从小学到大学毕业，政府要付 5 万美元的教育经费，24 万人就是 120 万亿美元。引进人才，一本万利。瑞士一名研究生研究成功一种电子笔和一套辅助设备，其性能可以用来修正遥感卫星拍摄的红外照片。美国一个大企业闻讯后马上派人去瑞士，找到那名研究生，用优厚的待遇动员他去美国。瑞士一些公司也想留住他。于是，你加薪，我也加薪，越加越多。美国人说：你们加吧，我不加了，等你们加完，我在你们的数字上乘以 5。美国人以绝对的优势，“挖”走了这名研究生。

第四次中东战争

1973 年 6 月 10 日，埃及和叙利亚突然进攻的炮声，把以色列从赎罪节的气氛中震醒，第四次中东战争爆发。埃及以强大的攻势迅速突破以色列号称“固若金汤”的巴列夫防线，控制了西奈半岛 10～15 公里的纵深地带。与此同时，叙利亚也全线突破戈兰高地，推进到叙以边境附近。战争初期，以色列突遭袭击，在措手不及的情况下，先阻滞对方的进攻，争取时间，集结力量。然后，为避免两面夹攻，分散兵力，以军采取了西守北攻，先弱后强，先易后难，集中兵力，各个击破的战略布署。首先对兵力较弱易于打败的叙利亚在北线的军队进行反击。6月10日，以军集中22个旅、1000辆坦克、10万大军分三路对进攻戈兰高地的叙军实施反突击。经过三天激战，不但把叙军赶出了戈兰高地，而且深入叙境30公里，逼近叙首都大马士革，在伊、摩、约、沙军队的压力下，与叙军形成对峙局面。北线稳住后，以军速调兵西援。在西线集中了23个旅、1600辆坦克，对埃及展开正面进攻。10天之内以军突破了埃及的防线，越过了苏伊士运河，扭转了战局，由被动转为主动。最后，埃、叙两国在战局不利的形势下，被迫接受停战谈判。埃、叙以丢失运河西岸1900平方公里和戈兰高地440平方公里的土地而结束战争，以军大获全胜。

王安公司

靠电子业发迹而跃入美国超级富豪之列的王安，曾一度拥有16亿美元的资产和3万多雇员，产品销往世界各大洲，年销售额达30亿美元。

可在70年代中期，王安公司还只是一个规模较小的公司，同行竞争对手IBM公司无论规模、实力以及开发新产品的能力方面，均大大超过它。如果正面相碰，王安公司无论如何也敌不过对手。

王安认为，惟有利用釜底抽薪之记以己之长，克敌之短，才能使自己的公司求得生存和发展，并在竞争中取胜。

王安在仔细研究了 IBM 公司的产品后发现，该公司虽然有强大的产品开发机构，并已形成了不同系列的产品，但它的各种型号的产品互不兼容，这是它的致命弱点。

王安决定就在这上面做文章，充分发挥自己的长处，使自己的计算机系列和未来各种型号的产品全部能够兼容，即使是使用 IBM 公司产品的用户，也能运用王安公司兼容性产品来填补缺陷。这一招相当有效，购买王安计算机的用户猛增。

美国大公司的管理信息系统，过去一般都使用 IBM 公司的产品，后来也纷纷改购王安公司的产品。从此，王安公司在美国计算机市场取得了稳固的地位，迅速发展起来。

高质量的车站问讯处

高质量的服务并不一定非得在高级饭店才能享受到，C 君在瑞士留学遇到的一件小事颇能给人启迪。

那是一年暑假，正值旅游旺季。虽是一介穷留学生的C君，也不愿放弃游览观光的机会。为了以最节约的方式去尽可能多的地方，盘算良久，最后还是决定去车站问讯处请教内行。

弗里堡市车站规模不大，问讯处两名工作人员，除负责咨询外，还经办预售国际国内，车票、各种旅游联运票等业务。工作量很大。这天不巧：电脑坏了。已有两小队人挤在不足10平方米的房间里。10余人的队在中国算不上？龙”，在瑞士就不多见了。排队的人显然都有急事，不少人引颈探头不时向柜台张望。一老一少两位工作人员有条不紊地工作着。队列在移动。C君庆幸自己这队速度更快点，因为是一个青年人在接待。

终于，轮到C君前面那位老太太了。C君大大松口气，准备随时补到她的位置上去。不想，10分钟，20分钟过去了，老太太毫无离开柜台之意。她正慢条斯理地打听不同旅行路线、联运情况及票价，还取出随身带来的各种文字的旅游指南，请那位小伙子帮她计划路线和与老伴二人出游的开销。我的天！C君的脑门开始冒汗。听身后队列中微微的叹气声，侧声一瞥，已有人改换门庭到邻队去了。回身之际，两队中都有人送来会心的同情和无奈的微笑。然而没有一个发牢骚的。C 君被这种情景所感动，心中的烦躁顿消。虽然邻队有人友好地示意让 C 君过去，C 君却微笑着以手势婉辞。一种忽发的好奇心促使 C 君决定等下去。他紧紧盯着柜台里的年轻人，想从他那双蓝蓝的眼睛中看出点什么：不耐烦、厌恶或是怒气。然而都没有。只见他还在平静、亲切地同老太太交谈着，解答她的问题，查阅不同资料，不时微微一笑，仿佛问讯处只有他俩。

令人难以置信的是，他们的交谈竟进行了一小时！老太太总算开始活动她那双大概站累了的双腿，满意地向小伙子道了谢走了。一张票也没买！该我了。一种念头突然袭 C 君的脑海：也许小伙子有一腔压抑的怒火，该向我发了。我是外国人，要提的问题说明我显然是个穷学生。但是，当 C 君迟疑地提出问题之后，这种念头就烟消云散了。听到的是礼貌友好的回答，看到的是一双微笑平静的蓝眼睛。他耐心地花了 10 分钟才解决了 C 君的问题。提供的路线合意，价钱也合适。C 君立刻掏钱买了票。再回头，那双平静的蓝眼睛正微笑着接待下一位……

三井的“釜底抽薪”

在现代商战中，有些企业和个人认为，有利则求，甚至可以不择手段，毫无顾忌，最后弄得财去楼空。

用奇谋孔明借箭

日本的“小野组”公司崛起于幕府时代末期。明治维新以后，对政府贡献金钱，成为半官方的商人。以后包括“岛田组”公司在内，都是为政府办事的商人，替政府收税金，而且从收款到交款期间可以任意支配这笔钱，不需付利息，也不需任何担保。

为此，“小野组”利用公款做米、蚕卵、绢丝的投机生意，而且有利必求，有途必由，毫无体统。上梁不正下梁歪，属下纷纷走旁门左道，甲地有人卖米，乙地就会有人来买米，赚钱归自己，赔了就成为公司的帐，体制腐败，难以整治。

待到新政府巩固，社会秩序恢复，这种特权非但不会长久，拥有这种特权的组织，后而被政府视为眼中钉，这样“小野组”对政府而言，自然是非拔除不可的。

于是，政府采取最严厉的手段，在 1874 年 2 月大藏省函经办政府钱财的各钱庄，要提出所经办的金额的 1/3 保证金。12 月 12 日又修改为保证金必须与经办金额相等；期限到 12 月 15 日为止。

这是非常无理的要求，哪有可能在这么短的时间内，筹到这么多的钱呢？它的意图很明显，是准备要击垮“小野组”。

果然，“小野组”经不起这打击，倒闭了，“岛田组”也跟着倒了。

这个故事给我们一个启示，那就是“利有所不求”。

当时的“三井组”公司又为什么能存活呢？

原来三井也产生很大的危机，幸亏公司内有三野村利左卫门这号杰出人物，才度过了难关。

三野村试着改善“三井组”的体制，革新坏风气，谋求事业发展，除了将三井组做全面的人事调动外，密切注意新政府的动向，并和政府中的高级官员交换情报。

所以，三井早就预测到政府迟早会收回特权，而且透过井上知道要交保证金的事，所以在筹措资金上有足够充分的时间，不至于像其他钱庄那样手足无措，而且等于是借用新政府的手击垮各钱庄，而使自己存活下来。

三野村还在1876年设立三井银行，同年说服益田孝，设立三井物产等。

三井能独自存活下来，又能如此繁荣发展，都是三野村的功劳，他早已把潜在的风险来了个“釜底抽薪”，才得以大难不死。

博取万家之长的鬼冢喜八郎

50年代有个叫鬼冢喜八郎的日本人，得知体育运动要大发展，便想从生产运动鞋上发财致富。但他一无资金，二无生产设备，怎么能与已有的厂家竞争呢？只好另谋良策。他走访了许多优秀篮球运动员，与他们一起练球，终于亲身验证了篮球鞋的缺点：容易打滑，止步不稳，影响投篮的准确性。怎样扬长避短，生产出独具特色的运动鞋呢？鬼冢喜八郎饮食无味，昼思夜想，终于从鱿鱼触足长着的一个三吸盘上受到启发，决定把平底改为凹凸底，以防止打滑。试验一举成功，鬼家的新型球鞋排挤了所有厂家的同类产品，人们争相购买，产品备受欢迎。这个实例说明，“一招鲜”就是在博取众家之长的基础上，不断创新，不断提高，顺从消费者的需要生产，在千变万化的市场竞争中，使自己的产品保持销售旺势，永远立于不败之地。

釜底抽薪得投资

ITT 即国际电报电话公司，销售额长期居于美国第八位。早在 1927 年，ITT 就吞并了英商创办的智利电话公司，轻而易举地独占了智利全国通信业的垄断权。

不料，1964 年的智利政局风云突变，左翼激进派代表阿连德断然推出国有化纲要，全力争夺总统宝座。为防止美资电话公司被收归国有，ITT 公司总裁吉宁断然实施釜底抽薪之计，联合美国大企业家，利用中央情报局局长麦康向智利温和派代表弗雷提供“竞选基金”，从而一举击败阿连德，使美资电话公司化险为夷。

1970年智利又临总统竞选，弗雷连任无望，阿连德卷土重来的势头很旺，ITT公司如临大敌，吉宁再施釜底抽薪之计，先派麦康游说国务卿罗杰斯与国家安全顾问基辛格来阻止阿连德当选，又派人到智利与右翼总统候选人阿莱桑德里的妻舅马特会谈，并探听武装部队接管政府以阻止阿连德上台的可能性。

孰料阿连德于1970年10月24日当选智利总统，随即大力推行国有化政策，迫使美资企业日益艰难地挨至1972年4月。

恰在此时，美国一著名专栏作家利用ITT公司的绝密文件在《纽约时报》披露了该公司釜底抽薪的内幕，引起轩然大波，阿连德总统当即宣布将智利电话公司收归国有。

吉宁为挽回损失，遂向美国海外私人投资公司申请赔偿，谁知竟遭婉拒。于是吉宁不得不向美国商事仲裁委员会申请仲裁。结果是没有发现哪一条款禁止ITT公司的那些行为，相反却找到了阿连德违反协定的有关依据，亦即为裁定美国海外私人投资公司的无理拒赔拿到了把柄。

何以如此，原来在智利阿连德的过激政策引发政变，阿连德被赶下台，ITT公司立即与军政府交涉赔偿，并迫使美海外私人投资公司从中说和，显然ITT

公司为保住在智利的投资利益又施釜底抽薪之针。

1974年智利军政府主动与ITT公司签署协议：智利政府赔偿该公司1.43亿美元，至此一场轰动全球的海外投资风险纠纷终于“功德圆满”。

精打细算赚2倍

在美国有位专门做收购、合并公司生意的金融家，曾经采用收购和化整为零这种“釜底抽薪”的办法，赚了很大一笔钱。例如一家法国公司，在某国有多处油田、天然气和牧场，价值上亿美元，公司设在巴黎，该公司股票市价每股才40～50元之间。仅石油和天然气已值那个股价。金融家发现了这个超价值股票。于是，他密令人去调查分析并指出：“如果捞不到200％的纯利时请不必考虑。”调查后，估计确实利润有97％，但有希望赚到300％。于是金融家邀请在巴黎的子公司联合另一公司将合作收购这家公司2/3的股权，收购价每股55元，比市价高出6.5元。

经过安排，在美国《纽约时报》和《华尔街日报》登出全版广告，而法国公司则登出更大的反收购广告，不久，金融家在美国又登了个大广告，说收购目的是指出该公司年报数字不实，与实质相差太远。数年来都是如此。于是众多持股人开始出卖。但收购调查发现，大部分股票都是法国人和比利时人所持有，因此，他又在西欧大打广告，并函购股票。经过一个月努力，终于掌握过半数的法国公司股权，正式取得该公司控制权。

在西欧召开的董事会上，金融家代表人在主席台上发言，指出法国公司的资产过于分散，油田、地产、牧场……各地管理机构太多，使行政费用负担太大。另一方面，在纽约，他正在进行“化整为零”的工作，他把各地的油田、天然气、地产、牧场公开出售，变回现款，把原公司的人员解散，支付一笔补偿费用，公司自动结束。结果，在一个月时间内纯利达到投资的 3 倍，净赚 31.3 亿美元。

曹操夜袭乌巢之战

东汉献帝建安五年（200 年），在官渡之战中，司空兼车骑将军曹操夜袭乌巢（今河南封丘西），焚毁袁绍军粮，决定战争胜败的关键性作战。是年十月，袁曹两军正于官渡（今河南中牟境）对峙，处于决战的关键时刻。袁绍派大将淳于琼率万余人护送军粮，集中于袁军大营后方 40 里的乌巢。谋士沮授建议，增派将军蒋奇率一支军队，守护乌巢翼侧，以防曹军抄袭。谋士许攸提出，曹操兵少，倾全力拒战，后方许昌空虚。若派精骑轻装袭许，则可奉迎天子讨伐曹操，曹必被擒，即使不能生擒曹操，也必胜将其击败。袁绍皆不采纳。会许攸家人犯法入狱，许攸怒而投奔曹操，向曹操献计说，袁军粮草辎重车，皆存放在乌巢，防备不严。若派精兵奇袭，焚毁那里的粮秣军资，不出三天，袁军就会自行崩溃。曹操欣然采纳其计，留将军曹洪、谋士荀攸守营，自率5000步骑兵，携带柴草，人衔枚马缚口，打着袁军旗号，趁夜从小道疾驰，沿途诈称奉袁绍令前去加强守备，骗过袁军的盘问。既抵乌巢，立即包围袁军营寨，从四面纵火围攻。袁军毫无戒备，一片混乱，至拂晓时，淳于琼见曹军兵少，集结部队，出营布阵，企图反扑。曹操率军迅猛冲击，淳于琼退回营中。袁绍在此危急关头，坚持要先攻下曹军官渡大营，以断其归处。部将张郃认为，曹营坚固，难以攻克，应全力救援乌巢，若那里粮草被焚，大家都将成为俘虏。袁绍固执己见，置乌巢于不顾，只派少数兵力援助淳于琼，仍督率部众强攻曹营，不能攻克。当增援的袁军迫近乌巢时，曹操坚持拒绝部下分兵阻击的建议，严令士兵拼死冲杀，全力攻破淳于琼营寨，斩杀淳于琼，将屯积的全部粮草和车辆焚毁。曹操令割掉千余被俘士兵的鼻子及所获全部牛马的唇舌，向袁援兵示威，袁军将士甚为恐惧，旋即被击溃。曹军乘胜还师。乌巢粮草被烧的消息传至官渡前线，袁军军心动摇，内部分裂，张郃因受诬陷而与将军高览临阵反叛，烧毁军械，向曹操投降。至此，袁绍大军急骤崩溃，官渡战势急转直下，曹军士气大振，取得了决战胜利。此战显示出曹操善于捕捉战机，抓住决战关键，集中兵力实施突袭的英勇果断和指挥才能。

第二十计　混水摸鱼

【原文】

乘其阴乱①，利其弱而无主。随，以向晦入宴息②。

【注释】

①阴乱：混乱。

②随，以向晦入宴息：随，顺从。向晦，黄昏。宴息，安息、休息。此句从《易・随》卦演绎而来。随，卦名，意思是随和、随从、追随，有随人、随时、随众等含义。古人认为万物都在生息变化中运动，人的作息也应该符合这个自然规律，到了黄昏就该入室休息。

【译文】

乘着敌人内部发生混乱，利用他此时力量的薄弱和缺乏统一指挥，从而使其随从我，如同人到了夜里，则入室休息一样。

【按】动荡之际，数力冲撞，弱者依违[①]无主。敌蔽而不察，我随而取之。《六韬》曰："三军数惊，士卒不齐；相恐以敌强，相语以不利；耳目相属，妖言不止，众口相惑；不畏法令，不重其将：此弱征也。"[②]是"鱼"[③]，混战之际，择此而取之。如刘备之得荆州[④]、取西川[⑤]，皆此计也。

【注释】

①依违：依，依靠顺从。违，违背，背离。

②此段引文引自《六韬·兵征》。

③鱼：这里泛指追逐的目标。

④荆州：三国时期魏、蜀、吴三国接壤地带，约今湖北，湖南两省及河南西南部、贵州东部、广西东北部、广东西北部的一小部分。

⑤西川：今四川省西部。

【译文】

在局面混乱的时候，一般有几种力量存在着，弱小的力量顺从或反对谁是缺乏主见的，而此时的敌人又一时没有察觉这一点，我方则应争取这些力量。兵书《六韬·兵征》写到："全军多次惊慌，军心不一，又把敌人估计过强而产生恐惧心理，说着泄气的话。大家互相咬耳朵、施眼色，谣言纷纷，听信假话。不怕法令，不尊重将帅。这些都是怯弱的征象啊！”这样的“鱼”，在混战的时候，应该乘机捕捉它。例如：刘备得荆州、取西川，都是施用这一条计策。

【计名探源】

混水摸鱼，原意是在浑浊的水中，鱼晕头转向，乘机摸鱼，可得到意外的好处。用于军事是指当敌人混乱无主时，乘机夺取胜利的谋略。在浑浊的水中，鱼辨不清方向，在复杂的战争中，弱小的一方经常会动摇不定，就有了可乘之机。更多的时候，不能等待，要主动去创造可乘之机。一方主动把水搅浑，一切情况开始复杂起来，然后借机行事。

唐朝开元年间，契丹叛乱，多次侵犯唐朝。朝廷派张守为幽州节度使，平定契丹叛乱。契丹大将可突干几次攻幽州，未能攻下，可突干派使者到幽州，假意表示愿重新归顺朝廷，不进犯，张守知道契丹势力正旺，主动求和，必定有诈。他将计就计，客气地接待来使。第二天，他派王悔代表朝廷到可突干营中宣抚，并让他探明契丹底细。王悔在契丹营中受到热情接待，他仔细观察契丹众将的一举一动。发现，契丹众将在对朝廷的态度上并不一致。他又从一个小兵口中探听到分掌兵权的李过折一向与可突干有矛盾，两人貌合神离，互不服气。王悔特意拜访李过折，装作不了解他和可突干之间的矛盾，当着李过折的面，夸奖可突干的才干。李过折怒火中烧，说可突干主张反唐，使契丹陷于战乱，人民十分怨恨。他告诉王悔，契丹求和完全是假意，可突干已向突厥借兵，不日就要攻打幽州。王悔乘机劝说李过折，唐军势力浩大，可突干肯定失败。他若脱离可突干，朝廷一定会重用他。李过折表示愿意归顺朝廷。王悔辞别契丹王返回幽州。第二日夜，李过折率本部人马，突袭可突干的中军大帐。可突干被李过折杀死。

三十六计之混水摸鱼

忠于可突干的大将李礼与李过折展开激战，杀了李过折。张守探得消息，立即率人赶来接应李过折的部队。唐军火速入契丹军营，乘机发动猛攻，生擒李礼，大破契丹军，从此，契丹叛乱被平息。

【评语】

“混水摸鱼”又作“浑水摸鱼”，原意用以比喻趁混乱之机捞取好处。《兵法圆机·混》：“混于虚，则敌不知所击；混于实，则敌不知所去；混于奇正，则敌不知所变化。混于军、混于将，则敌不知所识。而且混敌之将以赚军，混敌之军以赚将，混敌之军将以赚城营。同彼旌旗，一彼衣甲，饰被装束相貌，乘机窜入；发于腹，攻于内，彼不识，我自别，而彼不能别者，精于混也。”此计用于军事，是指当敌方混乱不堪时，我方则乘机出击，夺取胜利的谋略。当然，这个时机不能等待，而应主动去制造。

古人认为，在动荡乱的形势下，总是存在着几种相互冲突的力量。而弱小者依从谁或反对谁都没有确定，敌方又多半被蒙蔽而无觉察，我方则应当果断地把它们夺取过来。

【战例】

虎口求食

在战场上，冒充敌人而蒙混过关是此计常用的术法。

我国东汉时，汉光武帝刘秀是一位很有韬略的政治家。在未登基前，曾在河北一带与王朗大战 20 多日，最后攻破邯郸，杀死王朗，取得成功。

当时，王朗在邯郸称王，实力雄厚。

刘秀不敢正面与王朗开战，就带着少数亲信，到了蓟州。当时蓟州兵变，响应王朗，而捉拿刘秀。刘秀无法，冲出城门，仓皇南逃。众人逃到饶阳已弹尽粮绝，刘秀忽然把大腿一拍，说出了一个虎口求食的办法，冒充王朗的使者哄驿站的饭吃。

众人装扮一番，就以王朗的名义，大模大样地走进驿站。驿站官员信以为真，哪敢怠慢，急忙备美味佳肴招待。刘秀等人好几天没吃过一顿饱饭了，就狼吞虎咽地吃起来，他们的狼狈引起了官吏的疑心。为了辨其真假，驿站的官员故意将大鼓连敲数十下，高喊邯郸王驾到。

这一喊声，非同小可，把众人惊得目瞪口呆，人人手心捏着一把汗。刘秀也惊得站起来，但很快镇定下来。他想，如果邯郸王真来了，是逃不掉的，只能见机行事。他给众人一个眼色，让大家沉住气。他自己慢慢坐下，平静地说：“请邯郸王进入相见。”等了好一会儿，也不见邯郸王的踪影，才知道是驿站官吏搞的名堂。

酒足饭饱之后，刘秀等人立即离开了驿站。刘秀此次成功得力于计谋上的“混水摸鱼”和心理上高度镇静。

官渡之战中的混水摸鱼

在官渡之战中，曹操引兵去乌巢劫粮。他令五千步骑兵都伪装成袁军的队伍，打起袁军的旗号，借夜暗视度不良，偷偷地穿过袁军防线。途中碰到袁军哨兵盘问，诈称是袁绍派去增援后军的部队，蒙混过关，顺利穿插到袁军囤积粮草的乌巢，突然放起火来。守备的袁军在黑夜里只见火光，不辨真假，顿时大乱。曹操指挥军队趁势猛攻，尽烧袁军粮草，斩杀守军将士，奇袭一举成功，夺得了官渡作战的主动权。曹操乌巢劫粮，在官渡之战的全局中可谓“釜底抽薪”之谋；就这次奇袭的伪装行动来说，堪称“混水摸鱼”之计。

刘备取南郡

赤壁大战，曹操大败。为了防止孙权北进，曹操派大将曹仁驻守南郡（今湖北公安县）。这时，孙权、刘备都在打南郡的主意。周瑜因赤壁大战，气势如虹，下令进兵、攻取南郡。刘备也把部队调到油江口驻扎，眼睛死死地盯住南郡。周瑜说：“为了攻打南郡，我东吴花多大的代价都行，南郡垂手可得。刘备休想做夺取南郡的美梦！”刘备为了稳住周瑜，首先派人到周瑜营中祝贺。周瑜心想，我一定要见见刘备，看他有何打算。第二天，周瑜亲自到刘备营中回谢。在酒席之中，周瑜单刀直入问刘备驻扎油江口，是不是要取南郡？刘备说：听说都督要攻打南郡，特来相助。如果都督不取，那我就去占领。周瑜大笑，说南郡指日可下，如何不取？刘备说：都督不可轻敌，曹仁勇不可挡，能不能攻下南郡，话还不敢说。周瑜一贯骄傲自负，听刘备这么一说，很不高兴，他脱口而出：“我若攻不下南郡，就听任豫州（即刘备）去取。”刘备盼的就是这句话，马上说：“都督说得好，子敬（即鲁肃）、孔明都在场作证。我先让你去取南郡，如果取不下，我就去取。你可千万不能反悔啊。”周瑜一笑，哪里会把刘备放在心上。周瑜走后，诸葛亮建议按兵不动，让周瑜先去与曹兵厮杀。

曹仁大战东吴兵

周瑜发兵，首先攻下彝陵（今湖北宜昌）。然后乘胜攻打南郡，却中了曹仁诱敌之计，自己中箭而返。

曹仁见周瑜中了毒箭受伤，非常高兴，每日派人到周瑜营前叫战。周瑜只是坚守营门，不肯出战。一天，曹仁亲自带领大军，前来挑战。周瑜带领数百骑兵冲出营门大战曹军。开战不多时，忽听周瑜大叫一声，口吐鲜血，坠于马下，被众将救回营中。原来这是周瑜定下的哄骗敌人的计谋，一时传出周瑜箭疮大发而死的消息。周瑜营中奏起哀乐，士兵们都戴了孝。曹仁闻讯，大喜过望，决定趁周瑜刚死，东吴没有准备的时机前去劫营，割下周瑜的首级，到曹操那里去请赏。

当天晚上，曹仁亲率大军去劫营，城中只留下陈矫带少数士兵护城。曹仁大军趁着黑夜冲进周瑜大营，只见营中寂静无声，空无一人。曹仁情知中计，急忙退兵，但是已经来不及了。只听一声炮响，周瑜率兵从四面八方杀出。曹仁好不容易从包围中冲出，退返南郡，又遇东吴伏兵阻截，只得往北逃去。

周瑜大胜曹仁，立即率兵直奔南郡。等周瑜率部赶到南郡，只见南郡城头布满旌旗。原来赵云已奉诸葛亮之命，乘周瑜、曹仁激战正酣之时，轻易地攻取了南郡。诸葛亮利用搜得的兵符，又连夜派人冒充曹仁救援，轻易地诈取了荆州、襄阳。周瑜这一回自知上了诸葛亮的大当，气得昏了过去。

傅永败齐军

南北朝时，南齐皇帝派遣大将鲁康祚、赵公政率领 1 万大军侵犯北魏豫州的太仓口。豫州刺史命令建武将军傅永带领 3 千人马前去阻击齐军。鲁康祚已在淮河南岸安营扎寨，随时准备渡河进攻魏军。傅永也将军队驻扎在距离淮河北岸十里处，严阵以待，随时准备对付胆敢来犯之敌。

面对着敌强我弱的形势，傅永对战事作了周密的分析。他根据吴楚将领惯于偷营劫寨的作战特点，采取了对策。到了夜里，准备伏击夜里劫寨的齐军，一切都布置妥善之后，他又找来了十几名精壮士兵，对他们说："敌人如果夜里来偷袭我们，一定是在河水较浅的地方渡河，并且事先在南岸备有火把，以便他们返回时点燃，作为渡河的标记。你们几个人趁黑偷渡到河南岸，隐藏在河水最深的岸边。如果今夜敌人渡河来北岸，你们暂且不动，等到北岸的敌人南返渡河时，南岸齐军一定会点燃火把，这时，你们也马上在河水最深的地方点起火把来。"

事情果然不出傅永所料，当天夜里，齐军偷渡淮河，来袭击魏军。等齐军的大队人马靠近魏军的空营时，傅永一声令下，埋伏在营地外两侧的魏军如潮水般地向齐军包围过来。鲁康祚一见自己中了埋伏，慌忙命令部队调头向河南岸的大本营撤退。此时，河南岸亮起了许多火把标记，慌乱之中，齐军也分辨不清他们来时的位置，纷纷从魏军所置火把的地方渡河。由于魏兵火把标记的地方河水最深，齐军士兵被淹死了许多，魏军趁机追击，齐军死亡不计其数，连赵公政也被魏军活捉。鲁康祚连人带马也坠入淮河中被淹死。傅永用移标乱阵之法，大败齐军，获取胜利，防止了外来势力的侵犯。

坎尼之战

公元前 216 年 8 月，意大利发生了坎尼之战，迦太基军事统帅汉尼拔针对罗马军队的布局，巧妙地利用当地每天中午常刮强烈的东南风的自然条件，将四万步兵背向东南布成一个半月形的阵势。汉尼拔令一部分步兵在半月形中间突出部占领宽大正面，“示弱”以诱罗马军队从中央部位突破。又令 500 名精壮士兵，身藏匕首，准备在必要时向罗马军队假投降，借混乱之机入敌阵，待机从内部打乱敌军。与此同时，汉尼拔又将一万骑兵配置在步兵半月形阵势的两侧，保卫两翼安全，并准备从侧后包抄敌人。

8 月 2 日上午，激战的序幕拉开了。罗马军先发制人，集中兵力向汉尼拔半月形步兵阵的中央突出部猛攻。经过一番鏖战，汉尼拔即令 500 名身藏匕首的士兵，跑到罗马军队前交出自己手持的剑、矛和盾牌，表示投降。罗马军队信以为真，就把他们置于阵后，继续攻击。这时，在汉尼拔布置的半月形阵势中，中央突出部的步兵逐渐后退，两翼的骑兵连向前出击，半月形阵势逐渐反转过来，变“下弦月”为“上弦月”，又由“上弦月”逐渐形成了一个口袋形阵势。而罗马军队只见敌方有的降，有的退，不知其中有诈，反以敌方溃败，遂令后续梯队的步兵一齐加入战斗，继续进攻。眼看着罗马军队全部进入了口袋，汉尼拔急令两翼的步兵主力猛攻其侧翼，骑兵从侧后包抄过来。战至中午时分，东南风大作，飞沙走石，刮得罗马士兵两眼难睁，既不能准确地使用自己手中的投射武器，也不能灵活避开从汉尼拔军队里顺风投射来的密集箭矢和石头，处于十分不利的境地。正在这时，500 名假装投降的士兵从身上摸出暗藏的匕首，首先刺死了当面的敌人，随后从死者身上拿过剑、矛和盾牌，在罗马军队内部横冲直撞，四处厮杀。罗马军队冷不防受此猛击，顿时大乱，战至天黑，彻底败北。七万余名罗马官兵死于汉尼拔布设的“口袋”之中，亲临前线指挥的罗马执政官伊米里亚斯也未能幸免，死于乱军之中。汉尼拔反以 6000 人的损失，最终赢得了坎尼之战的辉煌胜利。

拿破仑混水摸鱼进占埃及

1798 年 5 月，拿破仑企图出征埃及以便进一步攻取印度。出兵前，拿破仑担心在地中海遭到英国舰队的截击，于是施展混水摸鱼策略，利用种种手段散布假情况，说法国地中海舰队将进入大西洋，在爱尔兰登陆。因为两年前确实有一支法国舰队企图开赴爱尔兰，使英国人受到一次震惊。因此，英国海军舰队指挥官这次害怕拿破仑真的会窜到他们的后院去捣乱，便急忙把舰队调集到直布罗陀，准备截击通过海峡的法国舰队。这时，拿破仑乘机从土伦军港出发，开赴埃及。英军发现中计，马上扬帆追赶，可惜赶得过急，竟然跑到法国舰队的前面去了。当他们急急忙忙赶到亚历山大港时，连法国军舰的影子也没见到。英军估计拿破仑可能要先去君士坦丁堡，便又马不停蹄地向君士坦丁堡赶去。就在英军像混水里鱼一样乱撞乱窜时，法国舰队就在英军前脚刚离开时，随后赶到亚历山大港，顺利登陆，进占埃及。谋略加机遇使拿破仑轻而易举地取得成功。

法军乘雾夺地

拿破仑在第四次反法同盟战争初期，首先与普鲁士开战。1806年10月8日，初战失利的普军决定后撤，法军随后进击。10月13日下午，法军到达耶拿西北1英里半处的兰德拉芬山。拿破仑来到前线侦察，他发现普军前哨据守在一条叫“德恩贝格”的长岭上，这个小高原对法军进攻的影响是至关重要的。拿破仑要全面包围普军，必须要从北面切断普军的退路，而当面的敌人正是不伦瑞克军团左翼的霍恩洛克部。拿破仑为了使部队尽量靠近这个小高原，他将已渡过萨勒河的4个军及骑兵军、近卫军共计8万多人集结在这个小高原的边缘的狭窄地形上。这种安排是相当危险的，可普军却没有抓住这个机会，反而让拿破仑钻了一个空子。拿破仑的意图是，利用13日的夜晚部队尽量多地调上高原，次日，法军以排山倒海之势压向普军。

非常有趣的是，当晚天起大雾，大雾笼罩着萨勒河谷、兰德格拉芬山和这个小高原。拿破仑一见喜不自胜，声称上帝在帮助法军。他立即组织内伊、苏尔特和奥热罗军连夜沿着狭窄、蜿蜒的小道由耶拿附近向小高原进发。由于大雾帮忙，他们连大炮都拉了上去，拿破仑亲临现场监督，他们把大炮指向普军的鼻尖，可普军对此全然不知。他们认为拿破仑的大军团是上不去这个高原的，可他们忽视了拿破仑的胜利往往是靠意外行动所取得的。

10 月 14 日上午 9 时，晓雾渐渐散去，法军占满高原，居高临下。吓得霍恩洛克瞠目结舌。法军势如破竹，一举取得耶拿战役的胜利。这是拿破仑指挥的最出色的战役之一，他那种善抓战机，混水摸鱼，往往使对手措手不及，这正是关系作战胜负的关键所在。

锡诺普海战

锡诺普海战，是世界史上著名的克里米亚战争中的一次重要战役。公元 1853 年至 1856 年间，俄国与英国、法国、土耳其、撒丁王国之间爆发了长达两年半的克里米亚战争，也称东方战争。战争的起因，是沙皇俄国，依仗它在 1848 年欧洲革命失败后的国际宪兵地位，企图利用奥斯曼帝国衰落之机，向巴尔干半岛扩张，夺取控制黑海出口的博斯普鲁斯海峡、达达尼尔海峡和马尔马拉海，使黑海成为沙皇俄国的内海。但英、法殖民主义者也想利用这个机会，加强对中东地区的侵略，扩大资本市场。而受英、法怂恿的土耳其政府，对沙皇俄国也不甘示弱，企图借英、法之助，同沙皇俄国争夺克里米亚半岛和南高加索。1853年10月，俄、土战争首先爆发，英、法和撒丁王国先后参加到土耳其方面。战争初期，战斗在多瑙河流域、黑海沿岸和高加索同时进行。最大的战役是发生在土耳其北部黑海沿岸的锡诺普海战。在这一战役中，由纳希莫夫率领的俄国海军摧毁了土耳其舰队。

献密计黄盖受刑

俄国海军之所以能够取得如此重大的胜利，在很大程度上便是靠的“混水摸鱼”。1853年11月中旬，土耳其海军因在黑海与俄国海军的战斗中处境不利，被迫退回锡诺普湾暂避，等待英法海军救援。此时，俄国舰队司令纳希莫夫将军，便利用土耳其舰队等待英、法海军救援的心理，使了个“混水摸鱼”计。11月30日早上，锡诺普湾大雾，土耳其舰队尽量靠近海岸，以防俄国海军袭击。中午时分，海风吹散浓雾，海上能见度提高。土耳其舰队嘹望兵忽然发现挂着英国“米”字旗的6艘战列舰、2艘巡洋舰，张着满帆向锡诺普湾驶来。土耳其舰队司令奥斯曼见是英国舰队前来支援，不禁大喜，立即安排联络和迎接。然而，时至12点30分，当这8艘挂着“米”字旗的战舰已经迫近土耳其舰队时，却见它们突然来了个大转舵，将黑森森的炮口对准了土耳其舰队。刹那间，“米”字旗降落，俄国的“十”字旗升起。密集的炮弹，如暴风骤雨般射向了土耳其舰队。奥斯曼大惊失色，立即命令自己的舰队还击，但为时已晚。炮手一时不能到位，土耳其舰队立即陷入被动挨打的境地。加上土耳其的16艘战舰上只有510门小口径炮，而俄国舰队却有炮720门，且其中部分口径、射程均超过土军方面。虽然土军方面还有38门海岸炮参战，然而在浓烟滚滚中，有些炮弹打到了己方的舰上。土军主帅奥斯曼见大势已去，为死里逃生，遂下令突围，不久，舰沉人亡，他自己也当了俄军的俘虏。在此役中，俄军采用变换旗帜的办法，混水摸鱼，打得主动而坚决，致使土耳其舰队遭到惨败。

混水摸鱼除政敌

1884年12月4日夜，朝鲜开化派在邮局设宴，准备将守旧派大臣一网打尽，不想因发生意外情况，守旧派大臣逃之夭夭。

开化派领导人金玉均见一计不成又生一计。他趁着夜色闯入王宫，向国王报告说：邮局起火，发生事变，形势十分紧急，请国王暂去景佑宫避难。就在国王犹豫不决的时候，正巧附近传来一阵剧烈的爆炸声，火光映红了殿宇。国王果然害怕了，乖乖地随金玉均前往景佑宫。

途中，金玉均建议请日军前来保护，惊恐不定的国王表示同意，并用铅笔写了一道敕书。金玉均把敕书交给心腹，让他到日本使馆搬救兵，这时，守旧派大臣韩圭稷、沈相薰、尹泰骏和宦官柳在贤一同来了。柳在贤告诉国王说，外面并无变故。眼看事情就要暴露了，金玉均急得满头是汗。突然，从仁政殿方向传来两响爆炸声。金玉均抓住这个机会，怒斥柳在贤蒙骗圣上，理应斩首。守旧派大臣争辩不过，只好跟着国王到了景佑宫。

国王一行刚在景佑宫安顿下来，日本公使竹添率200多名日军也赶到了，把景佑宫里里外外围得严严实实。金玉均对守旧派大臣说：“现在情况危急，所以请日本兵来护驾。你们身为国家的营使，理应出宫率兵前去保护陛下才是。”三位守旧大臣信以为真，匆忙离开景佑宫，到宫门时，被暗中埋伏的开化派杀手刺死。

然后，金玉均假托王命，召守旧派大臣闵泳穆、赵宁夏、闵台镐人景佑宫议事。这三人在路上均被开化派的人杀死。

次日晨，开化派处死了不可一世的宦官柳在贤。至此，守旧派大臣全部被开化派铲除。开化派铲除了政敌，取得了政变的成功，为朝鲜实行资本主义改革措施开辟了道路。

以色列混水摸鱼扭转战局

第三次中东战，埃及的西奈半岛沦陷于以色列之手，使埃及的领土完整和国家主权受到严重损害，在埃及人民心中蒙上了屈辱的阴影，强烈要求收复被占领土。从1973年开始，埃及和叙利亚就共同进行反以战争问题进行秘密磋商。为达到出其不意、攻其不备的目的，埃及和叙利亚制定了多种的迷惑计划与伪装措施，作出了严格的保密规定。暗中完成了反攻西奈的最后兵力部署。

在埃、叙两国全力以赴进行战争准备之时，以色列却依然陶醉在它的“军事优势”迷梦之中。1973 年 10 月 6 日，埃及两个军团约 12 万人强渡苏伊士运河，突破以色列耗资 2.38 亿美元修筑的巴列夫防线，把以色列守军打得措手不及，在西奈半岛站稳了脚跟。同时叙利亚投入对以战争，突破以军阵地，收复了戈兰高地东部大片土地。

从突然遭受的袭击中惊醒过来的以军，开始在西奈前线组织正面反扑，但接连失败、损兵折将。为求速战速决，以色列使用混水摸鱼的把戏：放弃重占巴列夫防线的企图，而是强渡运河，突入西岸，包抄敌后，打乱两军对垒、阵线分明的战局，把战火烧到埃及国土纵深，抵偿在战争初期所吃的大亏，迫使埃及求和，体面结束战争。

从 15 日起，以军一面在运河东岸阻击埃军，一面抵近运河，开辟渡场，分批渡河。埃及对以军渡河作战的可能性和威胁估计不足，察觉较晚，反应迟钝：堵截不力，使以军进抵阿达比亚，并封锁了开罗——

苏伊士公路，从而完成了对埃及第 3 军团的战役包围，使埃军 4.5 万人陷入困境。至此，战场局势开始朝着有利于以色列的方面转变。此种情况下，埃及、叙利亚与以色列实行停火。以色列在初战失利的情况下，用混水摸鱼计达到了挽救失败、扭转战局的目的。

德军利用谣言使法国沦陷

1940 年 5 月 11 日，法西斯德国在向法国进攻的同时，利用潜伏在法国境内的第五纵队，广泛地开展了谣言宣传活动，以配合其军事进攻，成效十分显著。

每当法国某一村庄落下炸弹后，各村里都有德国第五纵队向老百姓高声恫吓："趁早避难吧，这村子不久会全部毁掉的。跟着飞机之后，便有德国秘密警察到来。我们不是已经看见波兰所受的惨状了吗?"老百姓都被这些传闻吓住了。纷纷退出村庄，只要是路，无不挤满了避难的人群。不仅如此，人们还能从巴黎报界看到更可怕的传闻："身着英军制服的 200 名德国伞兵在海牙降落，这些伞兵都化装成了邮差、警察、牧师或修女，有的还身着德国、比利时的制服、"总司令甘末已经自杀"、"德国伞兵已在巴黎公园降落"、"不少孩子吃了有毒的巧克力死亡"等等，由于人们的恐怖，使德国伞兵的行动效果增加了十倍，到处充满不安情绪。在农民和士兵的眼中，不管你穿什么服装都可能怀疑你是乔装的德国间谍，穿制服的将校也怕是假冒的。甚至连公用电话，都是用怀疑的心理去听。骚动控制着人们的心灵，无数修女遭到凌辱，所有有德国血统的人，从 17 岁到 25 岁，都被送进收养所，几万人被认为是第五纵队嫌疑而剥夺了自由。在巴黎，为了抓间谍，到处捕风捉影，一周之间 2000 所旅馆被搜查，6 万多人受到查问，大批军官被开除。结果，法国士兵士气低落，相互猜疑，草木皆兵。它不仅破坏和瓦解了法国的军事力量，更重要的是法国人民的精神防线不战自溃。不久，法国便被德国占领了。

中途岛尼米兹混水摸鱼

著名的中途岛海战中（1942 年 6 月 4 日），美国太平洋战区总司令海军上将尼米兹，巧妙地运用了日军战术混乱的有利时机，以劣势兵力击破了日联合舰队总司令海军上将山本的强大进攻，创造了以少胜多的光辉海战战例。

日偷袭珍珠港后，在太平洋取得了战略主动权。为进一步夺取向东太平洋前进的基地——中途岛，并诱歼美太平洋舰队，日大本营决定发起中途岛战役。为达成战役的突然性，日军企图首先于6月3日空袭并占领中途岛北面的阿留申群岛，以吸引美空军、海军北上支援，日再集中优势兵力乘机夺取中途岛。日军投入的战舰共120余艘，其中航空母舰8艘，含舰载机400余架。而尼米兹可以调动的军舰却不多，整个航母编队只有40余艘，其中航空母舰只有3艘："企业号"、"大黄蜂号"、"约克城号"。"约克城号"是受伤后在两天内勉强抢修出来的。飞机也只有233架。尼米兹要以少胜多，必须用谋。首先，他重视情报工作。日军刚刚行动，美军即破译了日军的密电码，掌握了日军的真实企图，没有落入日军引其北

阚泽密献诈降书

上的圈套；其次是将有限的兵力部署在既隐蔽、而又易于从日军侧翼进攻的有利阵位。尼米兹将航空母舰编队的待机点选在中途岛东北 200 海里的海域。这里既不易被日军发现，又可依靠中途岛获取远程侦察机提供的情报，还可从日军侧翼发起攻击。后来的实践证明，这一举措极大地蒙骗了日军，使美军处于极为有利的地位；第三，尼米兹反击的时机选择得不能再妙：日军航母编队群接受第一次攻击中途岛的飞机返舰，同时第二次飞机卸下炸弹、再装鱼雷，准备起飞，这是一个极其混乱的时刻。尼米兹正好混水摸鱼，令第一、二次的 200 架飞机对日军编队展开连续攻击，打得日军措手不及。战役结果，日军惨败：立下过赫赫战功的“赤城号”、“加贺号”、“苍龙号”、“飞龙号”4 艘航母被击沉，损失飞机 330 架（沉没的重巡洋舰等作战舰只尚不计在内）。美则只沉没一艘本已受伤的“约克城号”，损失飞机 150 架。

尼米兹乘日军混乱之机，一举打破日军夺取前进基地的企图。此役成为整个太平洋战局的转折点，日军在太平洋上的战略主动权开始丧失。

希特勒的混水摸鱼术

第二次世界大战后期，希特勒为挽回败局，鼓舞其一落千丈的士气，拼凑了几十万残兵和二千多辆坦克，于 1944 年 12 月发动了阿登战役。

12 月 25 日，希特勒看着摆在他面前的“FH 行动计划”，半晌不说话。突然，举起右手，在半空中一挥，然后，俯下身子，在计划书上签上“阿道夫·希特勒”。

26 日，夜色漆黑，德国党卫军上校柯勒身着美军陆军上校军服，站在一辆美军坦克上，看着从眼前轰隆驶过的美军坦克和美制卡车和吉普车，脸上露出一丝奸笑。

黑夜中，由柯勒上校率领的这支伪装成美军的德国军队从德军主力突破美军防线薄弱地带混入了美军后方。

柯勒上校坐在美式坦克里，嘴里叼着香烟，闭着双眼沉思。他这一着太棒了，为了扰乱美军后方，他提议从德军中挑选了二千名会讲流利英语的士兵，穿起美军制服，深入敌后，孤军作战。主意虽好，但前途莫测啊！

深入美军后方后，柯勒立即将部队划为 12 个小分队，分头部置任务后，各小分队迅速地消失在浓浓的夜色中。

驻守在安特卫普的美军司令怀特将军，接到前线战报："德军七个师的主力部队正在向西推进，他们的目标是通过马斯河，夺取安特卫普。"

怀特将军仔细地翻阅了近二日的战报后，立即下令："各防区做好战斗准备。"

与此同时，柯勒的部队在美军后方开始行动了。

在一通往前线的路口处，有一队美军正在指挥交通。这时，约有 200 多辆美军运输车开了过来。

交通指挥员挥旗，大喊："停车！"

一美军上校从车上跳下来，问："怎么回事？我们是向前线送弹药的，必须从这里通过。"

"不行，前方有几十公里的路已被德军炸毁，你们必须从左边绕行，这是命令！"

上校看了看那块写着"前方路已坏，请绕行"的木牌，无可奈何地回到车上。

汽车队向左边开去不久，便遭到了德军重炮的袭击。

路口的交通指挥还在继续挥旗示意车辆绕行。

在美军务防区接到怀特将军的命令后，立即投入战斗准备，但奇怪的是，通往各部队的电话线经常发生故障，而派出去修电话的通讯兵没有生还的，都被人杀死在半途中。

怀特将军在召开的各防区司令会议上，忧虑地说："最近，我们小队的巡逻兵和零散的无防备的士兵不断被打死，交通运输不断地误入德军防区，通讯线路也发生问题，据我军情报机关侦察得知，这是一支德军深入我后方，各防区必须严加盘查，不得再出现扰乱情况。"

与此同时，怀特将军依盟军司令部命令，派部队截击向马斯河推进的德军主力部队。

各防区在盘查中将德军特工部队一一查获。30日，潜入到马斯河附近和由柯勒上校指挥的德国特工队终于被抓获。至此，这支把美军后方搅得十分混乱的德国部队全部被查获了。

对这支德军，美军当局十分恼火，早已下达命令：一经查获伪装的德国兵，可不经请示以借口穿德国军队的服装不得享受战俘待遇为名，立即予以枪决。

闻讯，希特勒在地下室的指挥所里向他的忠实的党卫部队默默致哀。

日军混水摸鱼突重围

1943年初，日军被美军严密围困在瓜岛，已成瓮中之鳖。为了挽救这支残余部队，潜藏在拉巴维尔椰林中的日军破译队拟制了一份调动美军兵力的假报文，企图对美军实施一次混水摸鱼的无线电冒充。日军挑选获本大尉负责这项艰巨的任务。

1943年2月7日，日军少将小柳率领最后仅有的19艘驱逐舰，乘着海上薄雾向瓜岛进发去迎救被困部队。3点40分，美军基地电台正在反复呼叫它在所罗门以北担任警戒任务的重要电台一号电台，而一号电台却没有反应。获本大尉当即抓住这宝贵时机，冒充美军一号警戒台与美军基地指挥台沟通联络。获本把已准备好的："发现日军机动部队，航母2、战舰2、驱逐舰10，方位东南，午前4时"的假报文迅速发出。美军基地指挥电台毫不怀疑地立即答道："电报收到，我是基地，保持联络。"

美军基地把收到的假电报，立即转发各舰队，于是，美军的无线电通信突然频繁起来。日军利用无线电冒充，成功地调动了美军的海上机动部队和航空兵力后，瓜岛日军残余部队混水摸鱼，乘机登上小柳少将指挥的19艘驱逐舰离开瓜岛，成功地突出了重围。

驱雾降雨中的“混水摸鱼”

浓雾是航空的大敌，因迷雾造成的事故层出不穷。第二次世界大战期间，地处大西洋沿岸的多雾之国英国的机场上，常因大雾弥漫导致飞机失事。1943年，为了消除迷雾，英国在15个主要机场上设置了一种热量消雾系统。即在跑道两旁安装上管道，管道上布满小孔，并使汽油通过管道从小孔中喷出燃烧，从而将空气中的迷雾蒸发消散。随后这种消雾法又有所改进，1970年英国干脆利用喷气发动机喷出的热浪直接消雾。凡此种种，都是用迷雾“混水”消除迷雾，以达到“摸鱼”的目的。

我国南方炎热季节，空中往往布满乌云，就是不见雨下来的情况。这里因为云中缺乏足够大的雨滴胚胎所致。只要向温度高于0℃的云中大量撒播直径30～40微米、吸湿性很强的细微状盐粉等，它们就会充分吸收其周围的水气，或碰并一些小水滴，使表面裹上一层薄水膜，形成直径约50微米的降水胚胎。这些小微粒在下降过程中，不断碰并小水滴，使其不断增体积，直到成长成雨滴降落到地面。如果降雨过程中，又遇上对流而来的旺盛积云，就会使降雨量成倍地增加。上述办法即为“混水摸鱼”法。

以色列混水摸鱼奇袭伊索姆

1973年10月，埃及和以色列两军在苏伊士运河东岸打得难解难分。以色列为扭转局面，令其第45装甲师去沙龙，混水摸鱼，组织一次冒险的军事欺骗行动。

沙龙集中缴获埃及的数十辆苏制坦克和装甲输送车，印上埃及军队的标记，挑选数百名会讲阿拉伯语的官兵，穿上埃及军队服装，配备苏式武器。

10月16日，在埃及的伊索姆地区，一座横跨苏伊士运河的浮桥上，只有几名埃及士兵在桥头巡逻。下午，隆隆的马达声自远而近，十多辆坦克和几辆装甲车疾驶而来。守桥的卫兵见是苏制坦克，着埃及服装的官兵，以为是从前线撤下来的自己的部队。车队在桥头停下来，一位少将军官跳下车，用阿拉伯语向卫兵说了声“辛苦”，卫兵立正答道：“您在前线辛苦！少校阁下。您要过河吗？”少校说：“我们是21装甲师的，到西岸执行任务，后天返回前线。”“那你们就请吧，少校！”

坦克、装甲车徐徐登上浮桥，浩浩荡荡地开走了。这支以军先遣队一踏上运河西岸，立即分兵三路，径直向埃军后方的地空导弹阵地和高炮阵地杀奔而去。当天，运河西岸埃军后方伊索姆附近的地空导弹和高炮阵地就被夷为平地，受到巨大损失。此后埃及军队陷入被动地位。

美方混水未得鱼

我国某企业准备从美国厂商进口一套自动化生产线。当我方向美厂商询价时，美方厂商欺负我们没有经验，故意提出一个十分“详细”的报价单。在这个报价单中，他们把设备主机，附件、配件、安装调试、实习、运费、包装费等等一一单项列出。为了增加开列的项目，他们甚至把主要部件也分开单独计价，这样他们竟拿出了长达几十页印得密密麻麻的报价单。为了核实这些报价是否合理，需要做大量的价格调查，有些根本无法查对。而美方厂商就是利用了虚虚实实、真真假假的手段，在每个项目中都暗中提高了售价。虽然每个单项加价的绝对数额不太大，不易引起注意，但是总加起来却是一个非常惊人的数字。另外，他还在这样详细的报价单中混入了很多根本不需要的备件

庞统巧授连环计

及易损件，从而达到其过多推销的目的。

经过我方人员的全面调查，详细核算，并在谈判桌上据理力争，美方厂商不得不做出让步，以低于原报价40%的价格签订了合同。

美方厂商在这里使用的就是混水摸鱼中的“乱中取利”的计谋。他们之所以要把报价单开列得那样详细，是因他们想要通过数量之多，项目之细而使我们眼花缭乱，蔽而之察，而暗中提价的企图，从而使其捞到好处。本例是对方对我使用混水摸鱼之计，我们则是采用“挖净河泥水自清”的策略予以防范的。

大赚电话机钱的香港厂家

快速应变体现了时间就是金钱、效率就是生命的实质。时间抓得紧，产品可以增值；时间抓不紧，黄金也会贬值。在市场竞争中，谁的应变速度快，谁赢得了时间，谁就赢得主动，谁就能占领了市场。快速应变法在经营管理中的具体表现是：信息要快要准，资金有效投入要快，新产品投入要快，出产要快，投入市场更要快。

1982 年，美国政府取消了只有美国电话电报公司才能销售和出租电话机，而不允许私人购买电话机的规定，这样一来，为了工作和生活方便，美国 8000 万个家庭和其他公私机构，都争相购买电话机。香港厂家获悉这一消息，立即有针对性快速应变，决定“混水摸鱼”，让原业生产收音机、电子表的厂家快速转产，全力生产电话机并迅速打入美国电话机市场。结果短期内出口金额一下子达到 1.8 亿港元，比前一年增长了 19 倍之多。一些厂家着着实实地赚了一大笔钱，提高了竞争能力。

橡胶大王陈嘉庚

20年代初，由于种植橡胶本轻利重，英商、日商纷纷拥入南洋。一时间，胶园遍布南洋，产量大幅度增加，市场供过于求，价格开始下跌，一些人开始纷纷出卖胶园、胶厂。

在这种混乱不堪的情况下，陈嘉庚先生并不退缩，他通过仔细的分析，看到了橡胶业的前景。他认为，橡胶用途之广无与伦比。20世纪将是橡胶的时代，眼前的生产过剩和利润减少只是暂时的，而且，南洋一带的橡胶业是英国政府的重要税收来源，英国殖民者决不会坐忍胶价继续下跌。

于是，陈嘉庚作出一个大胆的决策，就在人们纷纷出卖胶园、胶厂的时候，他决定把愿意出让的胶厂立即承接过来。他来到马来西亚等地，花了30多万元买下9所胶厂，又花了10多万元扩充这些胶厂的设备，自己原有的胶厂也进行了修整和扩充，并且投资10万元扩大橡胶熟品制造厂。

不出陈嘉庚所料，1922年11月，英国政府强令限制橡胶生产，胶价开始回升，橡胶业恢复了生机。陈嘉庚的冒险扩充获得了巨大的成功。

陈嘉庚先生在橡胶生产形势混乱，胶厂亏损和部分停产的情况下不惊不慌，而是乘乱取利，“混水摸鱼”，收买各地出让的胶厂，并扩充自己的实力，最后终于取得了成功，成了南洋1000万华侨公认的领袖。

砍　价

A厂技术改造后，欲处理替换下来的部分设备。B厂得知后，上门求购。A厂老李和B厂老王进行了讨价还价：

老李：“这些设备起码有七八成新，绝对不能低于10万。”

老王：“你不要说得这么死嘛，我找内行问过，最多也就值4万，而且包括安装在内。”

双方谈了约半小时，A厂首先做出让步：

“好吧，看来你们是真的需要，我们事先研究过，最低不能低于8万，就算8万吧。不过，运输、安装，我们可承担不了。”

老王：“不！如果你们负责运输、安装，那我们可以出价5万元，你考虑怎样？”

第二天，双方又谈了一个上午，依然停留在前一天的水平上，下午总算有了点进展：

老李："老王，可真有你的！没办法，再让你们5千，总该满意了吗?"

最后，双方以6万元的价格成交。老李非常满意，因为厂领导定的"杠"是不能低于5.5万。而老王也觉得高兴，他们内定的是6.5万便可成交。

双方报价都很凶，卖方高喊10万，买主狠杀为4万。很显然，双方报价都远离自己的真实要价，其用意都是为了搅混水，遮掩自己可能做的最大让步在什么地方。这类有意无意搅浑水的做法是明智的。大家都远离真实要价的临界限报价，又在这离临界限的地方滞缓让步，都是为了首先摸到于己有利的"鱼"。

混水摸鱼当大亨

抗日战争期间，香港汇丰银行原先发行的、在香港市面上流通的纸币是所谓"老票"。日军占领期间，强迫发行了所谓"新票"，借此套购、搜刮在港物资。随着日本败局已定，港币新票行情一再下跌，最后竟跌至票面价值的20%。"老票"、"新票"之间差价越来越大，谁都想把新票早日脱手，免得成为一文不值的废纸。企业家王宽诚却与众不同，独具慧眼，另有一番见解。他深思熟虑再三，权衡香港的特殊地位，看准了英政府为了香港的前途对新票不会撒手不管。主意已定，便倾其所有，并多方集资，暗中陆续大量收购新票。不久汇丰银行果然为维持信用起见，依法受理港币新票，并与港币老票票面价值等量齐观，十足竞换，王宽诚由此使资产增值约五倍左右。王宽诚“混水摸鱼”，从此奠定了他日后成为香港大企业家的实力。

日本汉堡包也赚钱

日本汉堡包店的创始人于70年代初，与美国麦克唐纳德公司合作，向日本人提供价廉物美的汉堡包。

当初开始经营的时候，日本的商人都笑话他，认为在习惯于食大米的日本推销汉堡包，无疑是自找死胡同钻，绝不可能有市场。但他不这么认为，他看到，日本人体质弱，身材矮小，这可能同食大米有关；同时他又看到，美国的汉堡包店的效应正向全世界发展。基于这两点，该日本商认为，同样是“嘴巴”的商品，在美国能畅销，在日本为什么不可能？再说，按照犹太人的观点，“嘴巴”生意经绝对赚钱，他只要经营得法，为什么不能获取利润？

凭着这些信念，该日本商的汉堡包店开业了，不出所料，开业第一天，顾客暴满，利润还大大超过该日本商原先想像的程度，以后，利润日日升高，一连用坏了几台世界最先进的面包机器，还是满足不了顾客的消费要求。该日本商利用汉堡包，即利用“嘴巴”生意发了大财！

汉堡包商人在市场前景迷惘的情况下，能果敢地“混水摸鱼”，确实能体现一个经营者的商业素质。

“康师傅”混中而起

台湾的顶新集团1990年在北京投资建厂，然而以生产食用油为主的顶新公司发现，当时北京市面已是群雄逐鹿，“骆驼唛”、“金龙鱼”、“绿宝”等产品已充斥市场。在食用油上慢人一步后，顶新集团决心另觅途径。

1991年，顶新集团把目光偷偷瞄向发展方便面。中国大陆的方便面历史已有10多年，在全国各地有100多厂家，仅北京市就拥有60条方便面生产线。然而遗憾的是，这些不同厂家的方便面包装简陋，又不注重宣传，使中国方便面市场是一个群雄割据、各自为政、群龙无首的混乱局面。

顶新集团瞅准了这个机会，决心打一场方便面大战。1992年，一种名叫“康师傅”的方便面问市了。它品质精良、汤料香浓，杯装面和袋装面一应俱全。与此同时，在全国各大新闻媒价上，“康师傅”的广告铺天盖地而来，顶新集团终于以迅雷不及掩耳之势，迅速打败所有的对手，坐在了中国方便面行业的霸主之位。

顶新集团在这场方便面大战中采用的是“混水摸鱼”之计，乘方便面市场群龙无首的局面制造混乱，大搞广告宣传，从中渔利。

在混战中得利的林氏企业

S公司和M公司是台北地区两大地产发展商，两家都是财雄势大，各自雄据一方，在台北地产界展开激烈的竞争，各不相让，互有胜负，可算是势均力敌。

在一宗大工程中，双方在承建该工程的项目公司中各占了29%的股份，成为项目公司的大股东，但谁都不能说了算，任何问题都要协商解决。于是他们之间在项目公司内又展开了争夺“话事权”的竞争。

林氏企业是这宗工程的承建商，拥有项目公司7%的股权，在小股东里算是控股最多的单位之一。自然这 7%的股份也成为 S 公司和 M 公司争夺的主要对象。林氏十分明白自己的处境，一味牢牢控制股权不放，保持中立。

宴长江横赋槊诗

但由于林氏企业在其他几宗工程的进行过程中缺乏周转资金，又求贷无门，眼看就要停工，宣布承包破产了。这就意味着需要付给发包方一大笔损失赔偿。

林氏企业的创始人不甘心眼睁睁看着公司遭受这一毁灭性的打击，让自己数十年积累的心血付诸东流。经过几个不眠之夜，他决心在这 7%的股份上打主意。

一天清早，他突然召开公司高层人员会议，要求财务部立即估算这 7%的股份的市值，提出一个合理价码，准备让 S 公司收购。

风声很快传出，S 公司欣喜若狂，立即派人与林氏接触，并开始筹措资金。而 M 公司决策层则愁眉苦脸。因为他们明白，一旦S公司收购了这7%的股份，就能成为最大的股东。拥有较大的决策权，这对于M公司是绝对不利的；因此，M公司也想插手收购。但这样一来，M公司势必动用更大笔的资金，而且这场收购战会空前激烈，并没有必胜的把握。

M公司的决策者们权衡再三，决定与其为收购林氏企业而与S公司决战，倒不如让林氏企业维持现状，打消其转让股份的念头，大家相安无事。于是，M公司探听到林氏企业的困难便派员与其接洽，提出低息贷款3000万美元给他用于将要停工的工程建设，条件是不能把股份转让给别人。

而这正是林氏企业所希望的。林氏获得这笔贷款后，立即解决了资金问题，业务也蒸蒸日上。

混水摸鱼的促销方式

人都有一种心理：商品越紧张，购买者就越多；商品越充足，越无人问津。有些商人把握住消费者和用户的这种心态，人为地制造紧张局面，达到了很好的促销效果。

经营皮箱的法国路易·维顿公司仅在巴黎和尼斯各设一家商店，在国外的分店也只有23家。他们严格控制销售量，人为地制造供不应求的紧张空气，即使客户要货量再大，也不予理会。有一名日本顾客 8 天上门 10 次，每次提出要买 50 只手提箱，但销售员声称库存已罄，每次只卖他两只，这个公司通过这种“混水摸鱼战术”获得了销售上的巨大成功。我国有家商店，起初把购进的 20 多台某牌洗衣机全部抛到门市上，几天内问津者不少，可仅售出 1 台。后来，他们参照国外的“匮乏战术”，把大部分洗衣机搬到仓库里，门市上仅摆出几台甚至一台（也挂上“样品”的牌子之类），很快给消费者制造了一种“紧俏”心理。一些本来犹豫不决的顾客购买欲望激增，结果 20 台洗衣机不到 3 天就卖完了。

为什么制造紧张的销售法会如此成功呢？人们有一种变态心理，货源充足，商店里到处都可以买到，即时是很需要的商品也不愿意立即去买回家。这是由于拖拉、等待、懒散的思想在作怪。反正商店里有的是，今天没有买，明天也来的及。另一种就是与之相反的念头了，某商品现在紧张，听说今后不可能再有了，或是今后要计划供应了。一旦这消息传播开来，不管是否需要这种商品，都会涌进商店，把它抢购一空。例如前几年的家电抢购风，几天时间，全国各地的积压家电产品一抢而空，有时连肥皂、火柴、蜡烛也毫不留情地统统搬到家庭里。故意制造紧张气氛，从中混水摸鱼，其效果极佳，值得一试。

几小时赚了几百万

金融界巨富洛斯查尔德家族中的老三，成年后离开父亲去意大利作棉花、毛线、烟草、砂糖等生意，时间不长就成为大富翁。而他的得意杰作却表现在股票市场上。短短几小时，就赚得几百万英镑。

这位老三名叫尼桑·洛斯查尔德，在股票买卖中，经常依着一根柱子，故获雅号“洛斯查尔德之柱。”尼桑的脸色，就是周围许多人股票交易的晴雨表。

1815 年 6 月 20 日是个特殊的日子。在这个日子里，人们更加关注尼桑的脸色和举动。

原因是此前一天，世界上发生了足以引起全球振荡的大事情，欧洲联军和法国交战于滑铁卢，而这一仗，不光将决定法国和欧洲联军中英国的命运，当然也会影响到两国的股票价格涨跌——联军若获胜，英国公债将暴涨：

法国拿破仑胜利的话，英国公债必定大跳水。

所有股票生意人此刻好似骑在老虎背上，上下为难。

人们只能等待消息，谁的消息灵通谁就可能先于别人动手，或买或卖，都可获大利。

战争发生在比利时首都布鲁塞尔南部，距英国伦敦非常远。当时既没有无线电，也没有飞机和火车，只有水上的汽船。人们只有采用快马传递和汽船运送，而这只有官方拥有，人们只有等待官方发布消息。

正在人们等待着焦急万分的时候，倚着洛斯查尔德之柱的尼桑开始脱手派发英国公债。

尼桑卖了！

消息迅速传遍股票市场。

英国人败仗，快卖英国股票！

人们蜂拥而上，跟进成为恐慌性大抛盘，英国公债顿时暴跌。尼桑仍不动声色地继续抛出。

直到英国公债跌入谷底，尼桑突然悄然返身大量购进暴跌至谷底的公债。

跟进的人全部傻眼，不知发生了什么事情。

他们互相打问、谈论、商量。但等他们从睡梦中醒来时，尼桑已经吃饱喝足了。

正在此时，传来了联军大获全胜的捷报，英国公债价值直线上涨！

尼桑几小时之内获利几百万英镑，尼桑简直成了会变钱的魔术师。

其实尼桑并不是在冒险，一切都是有把握的。尼桑并不依靠英国官方的消息，他比英国官方更早地获得了战争胜负的信息。

洛斯查尔德家族的老五早在欧洲建立了庞大的情报网，专门用来搜集商业和政治军事情报，内部情报频繁交换。洛斯查尔德家族总是比别人先一步知道许多事情，而滑铁卢之战这么重大的事情当然不例处。

商战之中，信息重要自不必言，但尼桑的高超技艺却在获得信息之后的几小时内大加展现。一般人听到消息，肯定是大量套购，那么别人也就跟进。大家互不折本。

而尼桑却大胆构想，充分利用几小时的时间差和别人的依附心理，先抛后买，使所有人都会上当，惟独他获大利。这种冷静和机敏是常人不具备的，难怪尼桑被称为商界的奇才。

信息、机会把握、胆识、谋略和不动声色的实施，才是商战运用“混水摸鱼”谋略的最高境界。

推翻市场销售价格

日本“大荣”的中内功在经营方面颇有一手，1954 年“卡托尔”蚊香公司经营批发蚊香，出厂价一箱55元。零售店以60元买入，再以80元卖出。可是，有一天一名职工慌慌张张地跑回来报告：

“社长，事情严重了，有家零售店以58元一箱的价格，出售我们公司的蚊香。”

“傻瓜！批发价就60元，怎么可能有人会用58元卖出呢？想想也知道！”

社长一开始不相信，但这位职工信誓旦旦地说：

“绝对是真的。我亲眼看到的。这种情况我很难办，还是请社长您调查看看。”

听他这么说，社长只好出去调查了。

大阪区有一家名叫“荣药品”的商店，确实以58日元一箱的价格出售本公司的蚊香。社长异常生气地质问店东，对方却说：“谁知道这是怎样一回事？”该店东就是中内功先生。

既然问不出所以然，社长就多方调查，才知道他是蚊香公司的批发商，以55日元价格批进蚊香。换句话说，代理商以55日元从蚊香公司买进，又以55元卖出。这是做什么生意呢？再进一步了解，才知道，中内功是以现金向代理商购进货品的。

代理商付给蚊香公司的是三个月后的支票。对代理商来说，“荣药品”商店以55日元免利息的金额供其免费周转。因此代理商宁愿每箱减5元给中内功。

总之，以 55 元买进，再以 55 元卖出，代理商是划算的。

1957 年 9 月，中内功在千林车站前开设“大荣”，挂起“主妇的商店”、“平民的朋友”等宣传旗帜。他以针对贩买市场所忽略的廉价商法，推翻了市场的销售价格。

“大荣”急速增设连锁店，以加速方式跃进，面对这“意想不到的节拍”，家电业无法招架，清洁剂、化妆品厂商也脚步紊乱。中内功的这招确实漂亮。

粮食战

中国古书上说：“敌之害大，就势取利，刚决柔也。”

1967 年，日本商人在粮食经营中发了一笔大财。这笔大财的获得是因为日本商人从前苏联国家重要官员的社会活动中捕捉到了有关粮食的信息。1967 年，日本设在莫斯科的商务人员（实则是市场信息情报人员）有两个多星期没有看见熟悉的前苏联外贸部司局长以上官员在公开场合露面，他们把这个信息发回东京。东京发报给所有驻外的市场信息人员，要求他们查找前苏联外贸部高级官员的行踪。查来查去，发现这些人正在美国进行秘密粮食贸易谈判。日本对这一情报进行分析：苏联这么多人去谈判，不是小买卖，一定是大批地买粮食。如若这样，必然会引起国际市场粮食价格上涨。于是，日本就抢先猛抓一把，“吃”进了大批粮食。等到苏美达成协议，开始交易时，日本手里已掌握了大批粮食。这样一来，国际市场上粮价直线上升。日本人见时机成熟，立刻高价抛出，发了大财。

任何一个企业总是存在于一定的市场环境之中。企业要经营成功，也必须以掌握大量真实、准确、及时的信息为基础。要达此目的，至关重要的就是经营者洞察力强，善于捕捉各种市场信息，加以分析和运用。如此一来，经营就恰似踩着地图走路——一步十万八千里。

来自俾斯麦的贷款

俄国的巴库油田是世界重要的产油地，它开发于19 世纪。在巴库油田的开发过程中，各种商业方面的竞争层出不穷。

19 世纪 80 年代，建立在巴库的各大石油公司展开激烈角逐，一些实力雄厚的新兴石油公司试图独霸这片广阔油田的开采，便对一些老牌石油公司发起了猛烈的进攻。有一家由瑞典两兄弟经营的石油公司在这场角逐中面临破产的威胁。

锁战船北军用武

为了挽回败局，这家瑞典公司急需一笔资金，以扩大生产，度过难关。但是，该公司实力有限，可供借贷款时作抵押的只有油田的钻井和石油的股票，这些东西价值不稳定，难以得到大银行的信任。如何才能得到一笔贷款成为公司存亡的首要问题。

当时的欧洲，国际关系错综复杂。1870 年普法战争后，德国统一，法国战败，但战败后的法国始终力图恢复其欧洲大陆的强国地位，夺回被德国占领的土地并向德国复仇，于是欧洲大陆的另一强国俄国便成了德法两国争夺的目标。德国著名的“铁血宰相”俾斯麦试图拉拢俄国，以避免俄国同法国结盟，使德国处于两面夹攻的情况。如何改善德俄关系成了德国外交上的重点。瑞典两兄弟经过分析认识到，德国为了表示对俄国的亲善，极可能向一家俄国所管辖的公司贷款，而要想得到德国这个大国的贷款则意味着公司起死回生有望。在正确分析形势的基础上，瑞典兄弟首先去德国找到一个议会里的朋友，表明了希望获得德国财政支持的意图，这位议员得到重酬后表示一定在俾斯麦面前进言。果然，议员向俾斯麦转达这一事情之后，俾斯麦对此事予以很高的重视。

尽管向这家近乎破产的公司贷款会有财政上的风险，但如果通过此事能使俄国皇帝领会德国的友善和接近并改变对德、法的政策，将是有利于德国安全的大事，何况以德国的实力承担一家公司所需的资金不过九牛一毛。于是，在一个适当的时机，俾斯麦以宰相之尊亲自出面，暗示德国的银行给予那家瑞典公司方便。银行得到宰相暗示后心领神会，竭尽全力以讨宰相欢心，等瑞典兄弟提出贷款要求时，不费吹灰之力就得到一大笔优惠贷款。

瑞典两兄弟的公司得到这笔资金以及其他方面德国给予的帮助，当然是顺利地度过了难关。

通过已经存在矛盾，在混水中摸鱼，从而达到自己的目的，这是人们常运用的一种智谋。而关注国家间的斗争，利用国际关系里的一些争夺，谋取个体的利益，这瑞典两兄弟更是可称得上具备大智慧了。

发混水财的神部

二战后，日本百废待兴，样样都离不开电。因此，到处接连不断开发电源，开山铺路，建造水坝，修造电厂，带动了建筑业的兴隆。当时日本公认的五大建设公司是：鹿岛、大成、清水和竹中等五家公司。

间组建设公司是一家专营隧道、大坝等土木工程的名不见经传的小公司。董事长神部满之助在外面进行业务碰了软钉子，回到公司大发脾气。因为他深深感到，不被看成一流的大公司，不仅自己不够体面，同时也不利于公司的进一步发展。神部是个雄心勃勃、斗志旺盛的企业家，当他的公司企盼进一步发展时，遇到这样的障碍，他自然不会善罢甘休。于是他采取了一般人没有预想到，也不敢做的策略。

不久，日本各大报社都先后收到了间组公司一大笔广告费，其要求新奇而简单，五大公司刊登广告时，落款加上间组公司；间组公司刊登广告时，也列入五大建设公司之名，在新闻报道、评论等一切见报的文章中，凡提及建设业的大公司时，把以前的“五大建设公司”改为“六大建设公司”。

收了人家的钱，顺便做无损于自己的事，各家报社欣然同意。

广告登出后，神部参加社交活动时，常遭明讥暗讽，他一概置若罔闻，视而不见。对于“这就是‘六大建设公司’之一的间组公司老板神部先生”之类的话，他慨然应之。

在别人不理解的目光中，神部有其独到的打算。

事实证明，神部没有失算。尽管知情者冷嘲热讽，建设业的舆论却被他搅乱了，不知情者慕名而来，间组公司也没有让他们失望，公司的业务扶摇直上，规模逐渐超过了一些原来在其上的公司。

三年之后，间组公司终于名副其实地成为日本第六大建设公司。

学士救弱女

清代文学家李调元回家乡四川，路过河北保定，找了一家僻静的客店住下。进房尚未坐定，忽听隔壁有女子啼哭声，悲悲切切，甚是凄楚。他忙起身去看，见一老者坐在地上，默默垂泪，一女子跪伏地上，哀哀哭泣。上前细问，方知父女俩是安徽凤阳人，逃荒到保定，靠女儿卖唱花鼓为生。前几日在街上卖艺，被巡抚大人的老母亲瞅见，说这女子相貌酷似画上的献桃祝寿的麻姑，欲留身边，图个吉利。此事传到知府耳里，原本知府就是个马屁精，正在为给巡抚的太夫人做寿准备礼品，如此讨好的机会岂有白白放掉的，于是派人强迫这女子立下卖身契约。父女生离，犹如死别，因此伤心痛哭。李调元听后，愤然地说："你们不必悲伤，待我前去会会知府，问个明白。"说完便告辞了。

他出了小巷，来到大街上，只见城内张灯结彩，鼓乐喧天，颇似过年景象，不禁动疑。经向行人打听，才知道是府内官员在为巡抚的太夫人祝寿。到了府衙，知府见是李调元来访，深感荣幸。后堂礼毕坐定，知府便说："学士来得正好，我等为巡抚的太夫人祝寿，有一寿屏，正准备请高手题写，如得学士挥毫，我等当不吝厚报。"李调元回答道："寿屏我可以写，但不要酬金，只请退还凤阳女的卖身契。不知知府大人意下如何？"知府为难地说："买女实属太夫人之意，学士之请，恐难从命。"李调元说："待我写副吉祥寿屏，包令太夫人满意，不再计较'麻姑'就是。"知府只得命展锦屏，候李大学士下笔。衙内僚属幕友，争相前来观看。李调元饱蘸浓墨，落笔写下首句：“太老夫人不是人。”众人失色，知府更是吓得不敢作声。但李调元却不紧不迫，停了一停，又写出第二句：“九天仙女下凡尘。”众人这才透过气，正欲称妙，见李调元又走笔写出第三句：“养儿不教去做贼。”众人瞠目结舌，如遭电击，知府面黄如蜡，冷汗涔涔，连呼“坏事，坏事！”李调元不瞅不睬，反将笔搁下，独自呵气暖手，半晌，才回头笑对知府说：“退约之事如何？否则只得烦劳另请高明。”知府连声说：“退！退！请快续写！”李调元这才提笔续上末句：“偷来蟠桃献母亲。”

这句一落，真如云开雾散，红日涌出，只听四周一片拍手、击桌、赞叹、欢叫之声。知府犹如绝处逢生，惊魂未定悸怕犹存。果然，寿屏送到巡抚衙内，太夫人哈哈大笑，说道：“有了巡抚儿偷蟠桃献我，还要别人的‘麻姑’何用？”便叫知府退了卖身契。

“日光”混水摸鱼胜“日光”

1935 年，我国民族工业正值艰难起步时期，美国奇异灯泡厂为窒息我国民族工业，在上海采取了一系列手段。这年，奇异灯泡厂生产了一种新牌的电灯泡。商标为“日光牌”，英文名字 Sunhght，每只售价银元

0.1元。给零售商的放款期长达6个月。当时上海市场上的灯泡批发价为每只银元0.2元多一些。奇异厂的日光牌灯泡，批价低，放款长，意为打击中国的民族灯泡厂。

面对这一情况，上海的民族灯泡企业在同业公会的领导之下，发挥团结保产的集体力量，在全体灯泡厂每天的产品中，按产量抽成捐献灯泡，将捐献出来的灯泡，以同样加上日光牌Sunlight的中外文商标，并遍登全国各地报刊广告，每只以银元0.05元出售。之所以这样做，是因为他们探得当时美商奇异厂蔑视中国，没有将“日光牌”的商标向中国商标局注册，待发现两个“日光牌”灯泡的时候，奇异厂就无权提起保护商标的诉讼。

上海的民族灯泡企业采取以少数扰乱多数的战略，造成市场上价格相差一半的同样“日光牌”电灯泡的双泡案，引起了全国各地贩卖商的疑虑，对这纠纷复杂的“日光牌”灯泡不敢进货。这一招，使美国奇异灯泡厂措手不及，除用外国律师登报恫吓以及致函中国“亚浦耳”等灯泡厂，制造一些麻烦之外，毫无其他有效对策。上海民族灯泡企业擅于制造恰如其分的“浑水”，使众人难辨真伪之时摆脱竞争对手以发展自己。

阿科滑动器

1922年，拉尔夫·萨缪尔森18岁，住在美国明尼苏达州的莱克市。拉尔夫是个冒失的小伙子，如果有什么新鲜的或危险的事情，他总想去试试。萨缪尔森滑雪的技巧娴熟，可他还想在水面上滑行。

萨缪尔森遇到的第一个问题，就是要找一种能拉滑水的人在水面上滑行的力量，显然只有快艇才能拖着人在水上滑行。萨缪尔森在滑雪板上系了一根100英尺长的绳子，又把绳子拴在快艇上，让驾

三江口周郎纵火

驶员加速行驶。但滑雪板太窄，难以支撑他的体重，快艇的速度也只能在每小时 20 英里以内。看热闹的人都觉得萨缪尔森傻。从这次失败中，萨缪尔森明白了在水上滑行与滑雪的诸多不同点。

萨缪尔森又从堆放木材的地方买了两块 9 英寸宽的木板。用开水煮沸的办法使木板两头上翘，然后把弄软了的木头夹上定型，做好的滑水板有 8 英尺长，每块板的中间有一个固定脚的皮带。

萨缪尔森用他的松木滑水板，在莱克市非常成功地完成了第一次滑水表演。第一副松木滑水板坏了，萨缪尔森又制作了第二副，并加以改进。第二副滑水板将近 9 英尺长，1 英尺宽，绑带下面装上橡胶垫，使脚能稳固地踩在滑板上。他还用一个钢圈保持滑水板上翘。

萨缪尔森用改进的滑水板做试验并逐渐掌握滑水技术。他使拉绳的长度和质地适合滑水，用橡皮垫圈的环作拉手，还发明了跳跃滑水的方法。很快，萨缪尔森在湖里为湖边度假的人们表演滑水，成为本地的一位名人。

后来他又找到一艘有飞机推进器的快艇，能以每小时 50 英里的速度拉着他滑水，在 1925 年夏天，萨缪尔森用一艘每小时 80 英里的快艇拉着他滑水。这艘快艇像一架小飞机，常常带着萨缪尔森一起飞起来——有时能飞到 20 英尺高。

拉尔夫·萨缪尔森的伟大创举很快传开来了，每星期日下午总有成千上万的人跑来看他滑水表演。但萨缪尔森并没有因此而富起来——实际上他拒绝任何表演报酬，除非为拉他滑水的快艇付账。萨缪尔森经营他的火鸡场井井有条，收入足够支付他每年冬天去佛罗里达的棕榈海滩表演滑水。那里是他单独滑水的舞台，正是他在佛罗里达的滑水表演，使富人们大开眼界，很多富人把这个新鲜玩意的想法带回了自己的家乡，使家乡的人也试着在水上滑行。

萨缪尔森从来没有教过如何滑水。而纽约的佛莱德·伍尔科利用这一点，重新发明了滑水用具，并在 1925 年用“阿科滑动器”的名称申请了专利。

找空档战略

1991 年 5 月，日本东京第三届国际酒与饮料博览会上，“华尔森”在 25 个国家的 200 多种名优产品评选中，夺取了最高荣誉——国际金奖。

然而当初，“华尔森”却是生不逢时。

在 1990 年 6 月第一批“华尔森”问世时，京城啤酒战正酣。面对激烈的竞争和所剩无几的市场空隙，“华尔森”的决策者们没惊慌失措，而是采取了“找空档、打冷门”的经营战略。

他们把视线由城市转向农村，抓住北京西南地区没有啤酒厂的空档，在占领房山市场的同时，迅速向临近地区及河北一些县市扩展。仅1年多时间，“华尔森”就在强手们鞭长莫及的广阔农村建立起巩固的“根据地”。

然而，“华而森”并不满足长期在乡下“打游击”，他们又瞅准了京城高档饭店和驻华使馆的“冷门”，寻找时机进城做客。他们多次争取到免费为在京举行的各种国内、国际大型活动和会议提供啤酒的机会。从此，“华尔森”成了香格里拉、长城、国际会议中心等高档饭店的“热客”，30多个驻华使馆也陆续为他们敞开了大门。

如今，“华尔森”不仅在北京市场站稳了脚跟，还远销到山西、辽宁等9个省市。去年，经国家外贸部门批准，继向朝鲜年出口100吨之后，又同日本、新加坡等国家签订了出口合同。

海湾战争中的时髦交易

商场如战场。这是人们对激烈竞争的市场经济炽热“度”的形象描述。实际也是这样，商界是不会放弃任何真枪实弹的战争为他们提供的机会。海湾战争虽已结束，但是美国商界利用海湾战争大做广告，把商战推向战场，至今还令那些死里逃生的美国兵记忆犹新。

每天清晨，士兵们等待地平线上扬起尘土。8点，人们就能首次看到这种情景。他们听着发动机轻微的轰鸣声，这声音宣告部队的给养品即将到来。这些卡车里装满士兵们最需要的货物：百事可乐和可口可乐。

卡车还没有停稳，美国士兵就排起了长队。他们在冰镇的可口可乐罐头上看见了这样的广告：“挡不住的诱惑！”

这不是插进电视节目的一个广告，而是沙特阿拉伯沙漠中每天的现实。可口可乐公司发言人在谈及这次从国内向沙漠无偿供应汽水的行动时说：“帮助一个出门在外的人，就获得一个终身的朋友。这毫无疑问对每个企业都有好处。”

海湾战争爆发前，有1127家美国公司就发现“沙漠盾牌”行动是一种制造舆论的好机会。因此，威尔登体育用品公司向沙漠中的部队提供了100根高尔夫球棒和1000个高尔夫球。为了不让士兵穿着没有打过油的皮鞋进行战斗，一家公司捐赠了一箱一箱的鞋油。另外还有的赠1万副纸牌、1000只飞碟、2.2万箱无酒精啤酒和10万副太阳镜。

出资做战争广告迄今已说明对每家参与的企业都是值得的。在那几周里，任何人在电视上出现的次数都比不上美国兵多。电视台日夜在报道“我们在海湾的小伙子们”。人们看见他们拿着可乐、罐头、万宝路香烟和索尼牌小型收放机。炮灰成了“广告员”。

任何一次战争都没有出现海湾战争那样的情况，士兵们收到本国工业界送来如此之多的礼物。每天都有新的产品货箱运抵部队，某些公司还派来了知名代表。如健美运动阿诺尔德·施瓦曾埃格把5吨哑铃运进了沙漠，而数年来成功地经营精美食品的保罗·纽曼，则带来了18万升“老式圣母牌柠檬汁”。

每天来自美国的包裹不仅可以维护公众形象，而且也稳定了战士们紧张的神经。在许多人看来是玩世不恭的广告战略，美国的营销专家却认为是一种完全正常的业务。一销售学专家对此补充说：“对消费者来说，看着商界利用国家危机可能是令人气愤的，但对做广告的人来说，这是一种非常有趣的事情，这简直是一种时髦的交易。”

海湾战争时，美国国内商人也在“加班加点”，大发战争财。继防弹服走俏以后，防毒面具也成了抢手货，商人利用人们的恐惧和爱国心理，大捞其钱。由于对恐怖活动忧心忡忡，私人保安公司生意兴隆，福尔摩斯侦探局的生意为此增加了45%。旗帜制造商的销售额也增加了四五倍。一家公司还接到了一万个汽车牌照的订货，牌子的颜色是沙土色，上面刻有怀念在沙漠中作战的人的字样。纽约人还可以买到配有这类挖苦字样的贺卡：“祝新‘战’快乐”。

发国籍财的犹太人

犹太人罗芬坦是个脑瓜非常灵活的生意人，在纽约大厦有一栋12层的大楼。他的办公室就设在里面，每天和世界各地的商人们互通信息，洽谈生意。

罗芬坦早先的国籍是美国，他把美国国籍应用到了最广泛地步。

第二次世界大战后，法国军队准备没收奥地利的斯瓦罗斯基公司。

斯瓦罗斯基家族在奥地利可谓声名显赫，所经营

七星坛诸葛祭风

公司专门从事玻璃仿真钻石装饰品的生产。公司资产雄厚，是奥地利的大富翁之一。

法军没收公司的理由似乎很正当——

公司曾接受纳粹的命令，为德军生产并供应了望远镜等军用品。

斯瓦罗斯基家族找不到合适的理由开脱自己。

而居住在美国的罗芬坦得到这一消息后，立即前往奥地利与斯瓦罗斯基家族谈判——

我替你们与法军交涉，避免公司被没收。条件是将公司的销售权利让给我，而且在我有生之年，可获得10%作为交涉的报酬。

斯瓦罗斯基家族认为条件太过苛刻，简直就是空手抢劫，但公司已面临绝境，退一步即跌入万丈深渊。

万般无奈之下，只得答应罗芬坦的条件。

罗芬坦当即来到法国司令部，告诉法军说："从今日起，斯瓦罗斯基公司已成为我的公司，我是美国人，公司的财产也就是美国的财产，美国当然拒绝法军没收自己的公司。"

罗芬坦说罢，还向法军出示了相应的法律文件。

法军看过文件后无言以对，只好同意罗芬坦的要求，最终放弃了没收斯瓦罗斯基公司的企图。

罗芬坦得意洋洋地回到美国，分文不掏地设立了斯瓦罗斯基公司的销售代理公司。斯瓦罗斯基公司只能忍痛信守合约，于是利润如流水般流入了罗芬坦的公司里。

罗芬坦并没有就此罢休。他又花钱买了小国家列支敦士登的国籍。这个小国家出售国籍，价格不超过10 万美元。凡人住该国籍者，只需每年交纳不足 100 美元的税金即可。贫富尽皆如此，除此之外，没有别的税收，真是所有富翁日夜向往的桃花源。

罗芬坦做到了。即用国籍赚来巨额利润，又用国籍逃避了大量税收，而一切都是巧妙而合法的。他把"混水摸渔"之计运用到了出神入化的地步。

厚利多销

杰克敦是个有独特见解的人，他不赶热闹，遇事冷静，最反对人云亦云。处理问题时，他常常有些悖逆常情之举，使周围的人吃惊、不理解，但正因为他能出奇制胜，所以取得了非凡的成就。

本世纪 30 年代初，欧洲经济大萧条，这时伦敦有一家制造印刷机的工厂倒闭。这一时期，印刷业很不景气，印刷机更是无人问津，那家倒闭的印刷机厂用极低廉的价格拍卖原设备，也无人去买。可是两手空空的杰克敦却贷了款把这个破厂买了下来。熟悉杰克敦的人都知道他从未搞过印刷机械业，是个外行，以为他是冲着低价而去的，估计他要上当倒霉了，一些好心人便劝他别干傻事。可是杰克敦却笑了笑，胸有成竹地说："这是一次难得的机遇。"

这一时期因为经济萧条，商品都滞销，为了大力推销商品，各公司、商店都竞相印广告、海报宣传商品。杰克敦就是看准了这一点才买下工厂的。新厂的产品是"海报印刷机"，这种印刷机结构简单，成本低，是专门向各公司、商店推销的。每台机器成本不足 300 美元，可杰克敦却将售价提高到 2500 美元一台。“对于一种有特殊用处的产品来说，定价越高，越容易销”。这是杰克敦的分析。果然，正如他预料的一样，一些稍大点的公司都纷纷前来订购，印刷机销路颇好，杰克敦发了一笔财。

当时圆珠笔的使用尚未普及，其性能也有待于改进。杰克敦已看到了这种笔改进性能后再作一些宣传，将会有极大的市场前途，同时他又获得信息，知道已有几家企业正在进行产品改进，准备占领市场。杰克敦当机立断，招纳专门人才，昼夜不停地研究圆珠笔新产品，仅20天时间，新型的圆珠笔问世了。当时西欧正掀起“原子热”。于是杰克敦便将该笔取名为“原子笔”，立即开动所有的宣传手段大肆宣传“原子时代奇妙之笔”的不凡之处：“可以在水中写字，也可以在高海拔地区写字。”英国人有追求新奇的特性，几大百货公司都对此深感兴趣，仅伦敦丰货公司就一次订购3000支。这些公司进了货后，也都纷纷用杰克敦的宣传口号作广告，市场上竟出现了争购“原子笔”的壮观景象。

生产这种圆珠笔的成本不足1美元，可是杰克敦认为既然“原子笔”是与众不同的神奇之笔，就该有相应的高价格才相配，于是他将笔价提高到13美元一支。果然，因价格较高，消费者视其为珍贵之物，人人都以有一支“原子笔”为时髦和派头，于是订单像雪片似地飞向杰克敦公司。一年时间里，杰克敦便获利 300 万美元，而当初其投入成本仅 5 万美元。当各路对手挤进圆珠笔市场时，笔价大跌，可这时杰克敦又抽身转产，去开辟新的产品市场了。

牛顿捉住原凶

英国著名科学家牛顿在剑桥大学读书时曾经遇到这样一件事。有天晚上，他的导师马西教授请仆役送来一张纸条给他，上面写着：不久前，伦敦西敏斯教堂发生了国王宝石失窃案。现在我已经查出一些线索，希望你明天早晨到我的宿舍来，协助我进行推理。我的宿舍号码是教授大楼第 102 号房间。

这位马西教授是英国历史学家，西敏斯教堂宝物展览室的顾问，也是牛顿叔父的好朋友。他长着满脸络腮胡子，年纪在六十岁左右。

第二天早晨，牛顿赶到 102 房间，却见卧床上睡着马西教授的年轻助手，他有一张洁白光滑的脸，好像很爱干净。那助手说：“有个仇人杀我，他昨天已到剑桥大学找过我。我把这事告诉了马西教授，他提议我们交换居住房间，我原先住在隔壁 103 房间，马西教授现在应在我的房间里。”

牛顿听了，就走到隔壁房间，只见门锁已被扭坏，留大胡子的马西教授死在床上，是被人勒死的。助手见状，显得非常悲伤地说：“一定是仇人不知道我们换了房间，在黑暗中把马西教授当作是我，因而错害了他。”牛顿见此情景，鄙恨地对助手说：“别装模作样了，杀害马西教授的凶手就是你！”

原来马西教授已经怀疑这个助手偷了宝石。助手担心被揭发出来，于是下毒手将他杀害，并且故意编造谎言，将水搅混，企图蒙混过去。牛顿面对凶犯的混水摸鱼伎俩，能保持清醒的头脑，不被假象所蒙骗。他根据马西教授留着大胡子，年轻助手没有胡子，是一张洁白光滑的脸，即使在黑暗中，凶犯用手摸也可知道弄错了对象，绝不可能错杀。因此他不被助手的谎言所干扰，能揭露真象，澄清事实，破除对方的计谋，使凶犯原形毕露。

混水摸鱼中保持清醒头脑

制造混乱以攫取利益。在经商中运用此谋略，就是利用鱼在浑水中看不清方向，人在混乱中难辨真伪这一规律，在乱中谋利。

目前市场上确有一些不法商人及少数企业采用混水摸鱼之计，生产和经营假冒产品，他们利用市场竞争混乱，以假乱真，以次充好，乱中取利。据巴黎国际商会估计，每年仿冒商品销货额高达1000亿美元以上；另仅据不完全统计，近年来我国每年查获的假劣药案均在万起上下。一些低劣假冒新产品的生产者为了推销自己的产品，仿制名牌商标，又以低于名牌产品的价格销售，据经济参考报报道，在河北新城县，最低竟能以1.5万元购到假冒的BJC－202N吉普汽车就是一例。在市场上，往往是同一产品生产者多，消费者则更多，这就为这些生产者和经营者采用浑水摸鱼之计，创造了有利条件，更严重的是某些经销企业明知有假，但为图利，也经营假冒产品，为其开绿灯。如长沙市医药公司所属的集体企业某药材行，不顾省医药管理部门的通知，从甘肃岷县、宕昌县来长沙的一些个体商贩中，收购了一批假黄芪。该行只图收取3%的手续费，每月大量收购。后经省药政部门封存，经鉴定这批黄芪为紫苜蓿、兰花棘豆、刺梁甘草的根。其结果既坑了消费者，又害了经销企业自己。

总之，在瞬息万变的市场中，经商者一定要保持清醒的头脑，要经常冷静分析辨别真伪，做到人醉我醒、人浊我清，才能够在激烈的竞争中不上当受骗，立于不败之地。

电脑公司大开“天窗”

美国纽约市成立了一家新电脑公司。如何让这家新公司名扬千家万户，公司老板想出了一个扰乱视听、混水摸鱼的计谋。

首先，公司出钱在几家大报的第一版开了几处无任何文字的大“天窗”，读者见之惊诧不已，翻遍报纸，才在报尾发现这样一行文字：

“没有了××电脑公司的服务，阁下的报纸便变成了这个样子。”

读者一下子记住了这家电脑公司的名字。

朱序阵后扰秦军

运用“混水摸鱼”计谋，除了利用对方内部发生混乱、对己有利的客观条件之外，有的还主动去把水搅浑，创造条件。公元383年的秦晋淝水之战中，东晋以少胜多、以弱胜强的正确作战指导，向来为历代兵家所称道，其中就贯穿有晋军乘机把水搅浑，加速秦军惨败的“混水摸鱼”故事。当时，前秦动员90万

（号称百万）大军南下进攻东晋。秦军在胜利在握的时候，派遣以前被秦军俘虏的原东晋襄阳守将朱序到晋军中劝降。朱序到晋军后，不但没有劝降，反而向东晋主将谢石等人密告秦军情况，并建议谢石等人乘秦军各路人马尚未到齐的机会，迅速主动出击，打败秦军前锋，挫伤他们的士气，秦军就不难瓦解了。晋将领听从了朱序的建议，决定转守为攻，遣将急攻秦军，乘胜直抵淝水。此后，谢玄又派使者要求秦军略向后退，以便晋军渡水作战。前秦苻坚准备在晋军半渡中发起攻击，遂下令后退。没想到秦军由于成分复杂，内部不稳，士气低落，一退就不可遏止。东晋军队则乘势抢渡淝水，展开猛烈追击。这时，朱序又在秦军阵后大喊："秦军败了，秦军败了！"秦军后续部队一听，顿时乱作一团，争相逃命，以致全线溃退，大败而走。朱序乘机把水搅浑的举动，对加速秦军崩溃起了明显作用。

以假当真失阵地

1973 年 10 月 6 日至 24 日，爆发了第四次中东战争。阿拉伯方面参战的有埃及、叙利亚、伊拉克等 11 个国家及巴勒斯坦游击队，主力为埃、叙两国军队。

阿方共投入20个师又17个旅，总兵力70多万人，坦克3700辆，飞机1500余架，舰艇150艘。以色列国小人少，资源有限，处于劣势，先后投入40多个旅约40多万人，坦克1700多辆，飞机540架，舰艇60多艘。

10月6日至9日，埃军和叙军分别在西线和北线同时发起进攻。以军仓卒应战，运河以东10至15公里地区及戈兰高地相继被埃军、叙军占领，一开始就处于十分被动的地位。10月10日至15日，以军首先以一部兵力在西线顶住埃军的进攻，尔后集中兵力于北线实施反击，重新占领了戈兰高地。

诸葛亮智算华容

10月16日，埃及和以色列两国军队在苏伊士运河东岸打得难解难分。在埃及的伊索姆地区，一座浮桥横跨在苏伊士运河上，几名埃及士兵荷枪实弹，在桥头机械地踱着步子，整个浮桥戒备森严。

太阳偏西时分，隆隆的发动机声由远而近地传来，只见 13 辆坦克和数辆装甲输送车从前线方向疾驶而来。守桥的卫兵紧张地注视着这支突如其来的车队。直到车队将近，看清是苏制坦克，车上官兵个个身着埃及军服，手持苏制武器时，才不甚介意。

车队在桥头吱吱嘎嘎地停了下来。一位少校军官跳下车，朝桥头卫兵走来。“辛苦了，兄弟!”少校用一口流利的阿拉伯语，彬彬有礼地先向卫兵致意。卫兵立正回答：“您在前线才辛苦哩，少校阁下。您是哪个兄弟部队的？要过河吗？”“我是 21 装甲师的，要回西岸执行任务，后天就回前线。”军官随即回答。“太好了，那你们就请吧，少校!”卫兵又一次敬礼。少校向车队一挥手，坦克、装甲输送车徐徐登上了浮桥，浩浩荡荡的车队突然地开走了。可是，守卫浮桥的埃及士兵做梦也没有想到，这数百名“兄弟”竟是以色列的一支先遣队。

原来，以色列为了扭转不利的战局，一方面在北线继续与叙军对峙，在西线投入新的兵力组成 3 个机械化旅向埃军全面反击，与此同时向运河西岸实施大胆穿插。他们根据美国间谍卫星和高空侦察机提供的情报，发现埃军主力调往第一线，后方空虚，遂决定组织一支先遣队，专门袭击埃军后方。诡计多端的以色列第45装甲师师长沙龙，精心地策划了这次冒险的军事欺骗行动。沙龙集中了第三次中东战争缴获埃及的数十辆苏制坦克和装甲输送车，全部印上埃军标记，同时还挑选了几百名会讲阿拉伯话的军官和士兵，换上埃军服装，配备苏制武器，组成这支乔装成埃及装甲部队的先遣队。就这样，先遣队在埃军的眼皮底下顺利地混过了埃及的浮桥，窜上了运河西岸。

以军先遣队一踏上运河西岸，便撕掉了彬彬有礼的假面具，立即凶相毕露，大打出手。他们兵分三路，径直向埃军后方的地空导弹阵地杀奔而来。

埃及陶索姆附近的地空导弹阵地上，雷达天线在转动，荧光屏在闪耀，细长的导弹架直指蓝天。公路上出现的装甲车队，并没有引起阵地上埃军的注意。突然，轰隆几声巨响，股股浓烟冲天而起，雷达天线被掀翻，导弹就地开花，兵营一片火光，好端端的导弹阵地，一阵风似的被以军给“报销”了。埃及士兵还以为遭到了空袭，一个劲地朝天空张望。这一天，运河西岸埃军后方的另几个地空导弹阵地和高炮阵地也都被夷为平地，埃军损失惨不忍睹。由此，一直处于被动地位的以军扭转了战局，控制了西线战场的主动权，使埃军第 3 军团的 2 万人和 300 辆坦克面临覆灭境地。

第二十一计　金蝉脱壳

【原文】

存其形，完其势；友不疑，敌不动。巽而止蛊[①]。

【注释】

①巽而止蛊：《易·蛊》卦：“彖曰：刚上而柔下，巽而止蛊。”巽，伏；蛊，毒害。意为采取隐蔽的行动，迷惑对手，可以免遭祸害。

【译文】

保持原来的形势和局面，使友军不怀疑，而敌军也不敢轻举妄动。我军则能隐蔽地转移主力，迷惑对方。

【按】共[①]友击敌，坐观其势。倘另有一敌，则须去而存势。则金蝉脱壳者，非徒走也，盖为分身之法也。故我大军转动，而旌旗金鼓，严然[②]原阵，使敌不敢动，友不生疑。待已摧他敌而返，而友敌始知，或犹且不知。然则金蝉脱壳者，在对敌之际，而抽精锐以袭别阵也。

【注释】

①共：同、与。

②俨然：形容很像。

【译文】

与友军联合打击第三者，要冷静地观察形势。若敌军不只一支，需分兵迎击时，则应保持原有的阵势。“金蝉脱壳”之计，并非只是一走了之，它是分身的法术。因此，当我方主力转移后，依然要使原阵地旌旗招展、锣鼓喧天，很逼真地保持原来的阵形。这样就可以使敌人不敢轻举妄动，友军也不会产生怀疑。等到摧毁别处的敌人返回来时，友军和敌人才察觉，或者仍然没有察觉。“金蝉脱壳”之计就是在对敌作战时，暗中抽调精锐的主力去袭击别的敌人的奇谋。

【计名探源】

金蝉脱壳的原意是指：蝉在蜕变过程中，本体离开了皮壳爬上更高的枝头，而皮壳仍留在原处。此计用于军事，则是指与敌对阵时，不要改变原有阵势以迷惑对手，而我生力军则巧妙地跳出了对方视线，给对方造成极大威胁。

三国时期，诸葛亮六出祁山，北伐中原，但一直未能成功。终于在第六次北伐时，积劳成疾，在五丈原病死于军中。为了不使蜀军在退回汉中的路上遭受损失，诸葛亮在临终前向姜维密授退兵之计。姜维遵照诸葛亮的吩咐，在诸葛亮死后，秘不发丧，对外严密封锁消息。他带着灵柩，秘密率部撤退。司马懿派部队跟踪追击蜀军。姜维命工匠仿诸葛亮模样，雕了一个木人，羽扇纶巾，稳坐车中。并派杨仪率领部分人马大张旗鼓，向魏军发动进攻。魏军远望蜀军，军容整齐，旗鼓大张，又见诸葛亮稳坐车中，指挥若定，不知蜀军又要什么花招，不敢轻举妄动。司马懿一向知道诸葛亮“诡计多端”，又怀疑此次退兵乃是诱敌之计，于是命令部队后撤，观察蜀军动向。姜维趁司马懿退兵的大好时机，马上指挥主力部队，迅速完全转移，撤回汉中。等司马懿得知诸葛亮已死，再进兵追击，为时已晚。

【评语】

“金蝉脱壳”又作“脱壳金蝉”，原意用以比喻用计逃脱，而使对方不能及时发觉。《元曲选》关汉卿

《谢天香》二："便使尽些伎俩，干愁断我肚肠，觅不的个脱壳金蝉这一个谎。"元惠施《幽闺记》七《文武同盟》："曾记得兵书上有个金蝉脱壳之计。"此计用于军事上，是指用伪装的办法，摆脱敌人，撤退或转移主力，以实现战略目标的计谋。

古人认为，要仔细明察敌人的态势，如果发现别处有敌人，就必须保持原来的阵势而分兵对敌。运用这一计策，并非一走了之，它是分兵合击胜敌的法术。因而，在我方主力转移之后，仍要旗帜招展、战鼓齐鸣，很逼真地保持原来的阵势。这样，就可以使敌人不敢轻举妄动，而友军也不会怀疑。"金蝉脱壳"计，就是在对敌作战时，暗中抽调精锐部队去袭别处敌军的计谋。

【战例】

袁绍吕布失和

袁绍率军深入朝歌境内的鹿肠山，讨伐于毒。围攻五日，攻破于毒，斩杀于毒及部下万余人。袁绍于是顺山北行，进攻左髭丈八等乱匪，将乱匪全部斩杀。又进击刘石、青牛角、黄龙左校、郭大贤、李大目、于氐根等，又斩杀数万人，乱匪的营寨也全部遭到屠戮。最后，袁绍与黑山军张燕以及四营的匈奴屠各部落和雁门的乌丸部落在常山交战。张燕有精兵数万人，战马数千匹。袁绍与吕布联合进攻张燕，一连战斗了十余天，张燕军死伤虽多，袁绍军也感到疲惫，于是双方各自撤退。

吕布部下的将士多凶横强暴，袁绍颇为厌恨。吕布于是请求返回洛阳。袁绍按照朝廷典制任命吕布兼任司隶校尉，派遣精壮武士护送吕布，但命令他们暗中害死吕布。吕布命人在他的帐内弹筝，自己悄悄地溜走了。武士们乘夜袭击吕布，帐篷和床被全部砍坏。第二天早晨，袁绍得知吕布仍然活着，大为恐惧，下令关闭城门，严加防守。吕布率军再度依附张杨。

袁绍不善于驾御将领，以致吕布见嫌告辞。在把握不大的情况下，袭杀吕布未遂，结下一大仇敌，实不高明。吕布预先防范，示形作伪，弹筝误敌金蝉脱壳，不乏术略。

金蝉脱壳姜维反铸大错

三国时，姜维带兵攻打魏国。魏国大将邓艾带兵扎九寨准备迎敌。

姜维看魏兵早有准备，就对副将说：“魏国既然早有准备，留一路人马由你带领，可打着我的旗号，在谷口安下大寨，每天派一百名骑兵放哨，每放哨一回，换一回服装和旗号，按赤、白、青、黄、黑五色旗帜相换。我暗中带大军偷偷从董亭直袭南安。”

邓艾知蜀兵出祁山，早与陈泰安营扎寨准备迎敌。但是不见蜀军前来挑战。

邓艾凭高观望，入帐后对陈泰说：“据我观察姜维不在此处营中，一定是取董亭袭南安去了。”

陈泰问：“何以见得?”

邓艾说：“你看每天，敌营中的哨马只是这几匹，往来的哨探只是这几人，只不过更换衣甲罢了，现在他的人马都十分困乏，他们的主将必定无能。”

陈泰说：“将军言之有理。”

邓艾接着说：“陈将军可带一队人马去攻敌营，肯定会破寨。破寨后，你领兵去董亭之路，先切断姜维后路。我带一队人马去救南安，直取武城山。如果先占了此山，姜维必然去取上邦。上邦有一谷，叫段谷，地狭山隘，正好埋伏。姜维来争武城山时，我先埋伏在段谷，一定能破姜维。”

陈泰听后，十分赞成，说：“我在陇西驻守已有二十三年了，还没有这么熟悉地理，明公之言，真是神机妙算，将军你快去救南安，我马上去破寨。”

于是邓艾带兵急行军赶到武城山，安营扎寨，蜀军还未到。

邓艾令邓忠与帐前校尉师纂，各领兵五千，先去段谷埋伏，二人受计而去。随后，邓艾传令全军偃旗息鼓，等待蜀军。

姜维弃粮胜魏兵

姜维带蜀军大队人马来到武城山，姜维传令占领高地。突遭邓艾大军重创，姜维连攻不下，蜀军死伤很多。

姜维下令收兵，全军将士转取敌上邦。

姜维大军途经段谷，正中邓忠埋伏，前有伏兵，后有邓艾追兵，祁山大寨早已被陈泰攻破，姜维处于绝境。在危急时刻，荡寇将军张嶷估计姜维受困，率兵杀入重围，救了姜维。

从姜维这一仗来看，姜维想使用金蝉脱壳计，打败魏军。但被邓艾识破，反将姜维大败。可见，尽管计谋再好，如不精心，势必铸成大错。

晋明帝缓兵脱身

此计为东晋时期的晋明帝司马绍所创。

东晋建国后，王导居中执政，王敦在外掌兵，势力很大，当时有“王与（司）马，共天下”的说法。王敦为荆州刺史，率重兵镇守武昌。公元 322 年，王敦起兵叛乱，自武昌东下，从此使东晋王朝陷入了内乱之中。次年晋明帝即位。为了摸清叛军的实情，晋明帝于公元 324 年 6 月化装潜入叛军营地探察。当晋明帝探察完王敦在于湖（今安徽当涂南）的营地，骑马暗出营门时，护门侍卫见明帝言谈举止非等闲之辈，遂引起怀疑。明帝见身份将要暴露，遂快马加鞭出营而去。王敦的军士见一行人扬马而去，更加怀疑，报告了王敦。王敦根据军士的报告，确认是晋明帝无疑，立即派五人骑马追拿。

明帝料到王敦定会派人追拿，遂采取“缓兵脱身”之计：他命令随从用水浇凉马拉在地上的粪便，表明自己已经离去多时；当快马跑了一个多时辰，在路旁歇脚时，将手中的“七宝鞭”交于路旁卖货的妇人，叮嘱待后面骑马人到来时，尽管拿给他们看。安排完毕，明帝又翻身上马，扬鞭而去。

不出明帝所料，王敦的追兵一路见马的粪便已凉，料明帝已去多时，遂加鞭猛追。追了一阵，见路旁有一妇人卖货，下马上前询问情况。妇人声言：已经走出很远了。说完把“七宝鞭”拿出来给他们看。“七宝鞭”乃皇家珍宝，一般人无缘亲睹。于是，五个人争相看玩，爱不释手，早把追赶明帝的事忘得一干二净。待到他们醒悟，明帝已经相去甚远，摆脱了追赶，安然返回宫中。

“缓兵脱身”之谋，是摆脱敌人、稳住敌人，从而赢得时间，脱离险境的一种有效方法。它是“金蝉脱壳”之计的一种活用。为了“脱身”，“缓兵”的方法多种多样，因而“缓兵脱身”之计的成功运用，为人们开辟了一个施计用谋的新天地。

宇文宪柏庵为帐

北周建德五年（公元576年），周武帝宇文邕大举进攻北齐，以他的弟弟宇文宪为前峰，把守雀鼠山谷。周武帝亲自率兵围困晋州后，宇文宪相继攻克了洪洞和永安二县城，并图谋更大的进取。北齐后主高纬听说晋州被围，也亲自率兵增援解救。当时陈惑王宇文纯屯守在晋州通往太原的交通要道千里径，大将军永昌公宇文椿屯守鸡栖原，大将军宇文盛把守汾水关。他们都受宇文宪的统一调度。宇文宪暗自告诉宇文椿说："用兵打仗是一种诡诈的行为。你现在为营扎寨，不一定架设幕帐，可砍伐柏树搭成驻军小屋，以向敌军显示处所。这样即使撤离之后，敌军还会被小屋所惑。"齐后主高纬这时正分调一万名官兵向千里径挺进，又命令一部分士卒出击汾水关，自己则亲率大军和宇文椿在鸡栖原对阵。把守汾水关的宇文盛向宇文宪告急求援，宇文宪亲自解救，迅速打败齐军，宇文盛和柱国将军侯莫陈芮乘胜追击，斩杀和缴获了许多齐军与武器。不久宇文椿又向宇文宪报告说，齐主大军正向我方营地逼近。宇文宪又率兵相救，恰在这时，周武帝诏宇文椿返回。宇文椿遂奉命率部连夜撤离了鸡栖原。当齐军到达鸡栖原时，果然把柏树搭成的临时小屋当作北周的驻军营帐，而不怀疑周军已经撤退，也不敢轻意进取，直到第二天才发现中计上了当。

疑阵惑敌是古代军事中常用的一种谋略，宇文宪柏庵为帐法即是其中的一例。此计妙在就地取材，伐木为营，不仅减少了军用幕帐的架设与拆除工作，也为紧急撤退时以假代真奠定了基础。由于它无需拆除，这就保持了营地的形貌，宇文椿又是乘夜回师，取得了金蝉脱壳的效果，安全返回。北齐后主虽亲率大军压境，因被柏庵迷惑而不敢贸然进犯，待到次日天明弄清实情，已悔之晚矣。

张旗示众兵多将广

公元 901 年 11 月，朱全忠举兵攻入潼关，包围了凤翔。危难之时，岐王、凤翔节度使李茂贞致书向河东节度使李克用求援。李克用遂派其将李嗣昭率五千骑自沁州取晋州，与汴军（即朱全忠军）在平阳（今山西临汾市）以北相遇。首战告捷，李嗣昭挥军大进，以减弱朱全忠兵势。

河东将李嗣昭、周德威等率军攻占慈州，胜兵乘锐进逼晋、绛。公元 902 年正月，朱全忠在遭到河东军的进攻，连战不利的情况下，派其侄朱友宁会晋州刺史氏叔琮率军驰援晋、绛前线，与河东军激战于绛州（今山西新绛县）城下。汴将唐怀贞（即唐怀英，后为避讳均王朱友贞名，改名怀英）从河东军中夺回绛州城后，李嗣昭等退屯蒲县，汴军十万营于蒲南。在两军相持期间，氏叔琮乘夜率众断河东军归路，并袭击其营垒，杀获万余人。是年3月，氏叔琮、朱友宁挥师进击，汴军横阵10余里，而河东军不过数万。加上深入敌境，孤军无援，众心惊恐不安。河东将周德威出战不利，密令李嗣昭从后军前去，德威接着率骑兵亦退。汴军长驱而进，河东军仓惶撤退，兵仗辎重丢弃略尽。朱全忠遂令氏叔琮、朱友宁乘胜扩张战果，进攻河东。

李克用闻李嗣昭等为汴军所败，急遣李存信率帐下亲兵出战，企图挫其进攻锋锐。李存信兵至清源，即同汴军遭遇，屡战不利，退还晋阳。汴军遂取慈、汾州，接着使进围晋阳，立营于晋祠，命军急攻晋阳西门。氏叔琮每次检查营垒，皆“褒衣博带，以示闲暇”，似乎晋阳克在旦夕，军心为之大振。

此时，李嗣昭、周德威等收集余众，才沿西山退归晋阳。守军未集，李克用日夜巡城，不得寝食，欲退保云州。他在召集诸将商议此事时，李嗣昭、李嗣源、周德威等人皆说："几军在此，必能固守，王勿为此，我整顿好部队做你的后援。"

李嗣源了解了一下战场情况，然后命令部卒"解鞍厉镞"，意思是要大家把战马的鞍具解下来，把箭镞磨厉。他自己登上高岗之巅，故意在上面"左右指画"做布阵迎敌之状。李嗣源的这一表演，葛从周的士卒看到后，都感到神秘莫测，恐怕坠其奸计，不敢再向前追来。李嗣源发现敌军犹豫不前，即令士卒迅速跨上战马，向敌阵冲杀过去。这时，李嗣昭整顿好队伍也跟了上来，葛从周支持不住，遂引军而退。汴军在战场上受了一次小小的戏弄。

狄青智取昆仑关

运用"金蝉脱壳"计最精彩的战例，可以说是北宋名将狄青夜袭昆仑关了。北宋仁宗年间，南方的地区首领侬智高叛乱，攻陷邕州（今广西南宁），建立大南国，自称仁惠皇帝，又破沿江九州，包围广州，其势日涨。他声言欲得邕、桂七州节度使，即降。主将张忠、蒋偕等阵亡，杨畋、曹修等将帅也久战无功。仁宗很是忧虑，问宰相庞籍道："不平定侬智高，岭外之地就非朝廷所有了。你看派谁为将，可讨平叛乱。"

庞籍道："非狄青不可！"

狄青（公元1008～1057年），是北宋名将，汾州西河（今山西汾阳）人，行伍出身。他打仗时，披发，戴铜面具，出入军中，所向无敌，屡立战功。经略使韩琦、范仲淹见了他，惊叹道："此良将材也。"把他一步步提升为大将。范仲淹叫他读左氏春秋，对他说："为将而不知古今，只能是匹夫之勇。"自此，狄青认真读书，精通秦汉以来的将帅兵法，成为智勇双全的名将。公元1052年（皇祐四年），他被调到京师任枢密副使（相当于国防部副部长），朝中一些官员谏道：出身兵伍当执政者，本朝所无，恐四方轻视朝廷。仁宗不听。狄青脸上还保留

三十六计之金蝉脱壳

着面涅。北宋时，为防备士兵逃跑，在他们脸上刺字，叫面涅。仁宗曾命狄青敷药除去面涅，他说："陛下以功擢臣，不问门第。我所以有今日，是由于士兵出身。我愿留此面涅，以激励士兵。"狄青始终和士兵同甘苦，作战时，身先士卒，身上留下八处中矢的伤痕。他率领的军队纪律严明，草木不惊，士兵愿为他效力，也受到民众的欢迎。

公元1052年（皇祐四年）九月，仁宗改宣狄青为徽南院使、荆湖南、北路宣抚使、提举广南东、西路经制平定叛乱。帝召见时，狄青要求调用他原在西边统领的骑兵。他说："侬智高居高履险，南方步兵不能抗。西边骑兵善射，耐艰苦，上下山如平地。"仁宗应允，于十月间调来精锐骑兵一万五千，到广南行营听用。

狄青带领大军来到桂林城南。将士们因屡战失败，存畏惧之心。南方的风俗，出兵前要祈求神灵。狄青就带领将士们到庙里求神，道："这次打仗，胜败如何，请神灵指示。"他手拿一百枚钱，求神道："如能大获全胜，就让我投出去的钱全部面朝上。"左右的人劝他不要投，以免投出来的结果不如意，挫伤士气。狄青说："不必担心！"说着，一撒手，把钱抛在地上，一百枚钱全部面朝上，全军的欢呼声震动了四野和森林。狄青非常高兴，令左右取一百枚钉子，把钱钉在地上，加上青纱覆盖，自己亲手封印，等凯旋回师时，再向神还愿取钱。

邕州位于邕江北岸，四周群山环绕。城东北有高峰峻险峭拔，高出群山，昆仑山，长百余里，山中有道，狭窄难行，是邕州的门户。山顶有昆仑关，在此一将镇守，万夫难当。却说那狄青到了邕州北边的宾州，召集全体将士，宣告："若无将令，任何人不得妄自出兵，与敌作战。违令者斩。"

广西钤辖陈曙，怕狄青独立大功，听部将袁用挑唆，领兵八千攻打昆仑关大败而归。次日晨会，狄青召诸将到堂上，请陈曙起立，道："有令不行，这就是军队打败仗的原因。"就将陈曙及部将袁用等三十二人，按违令败亡状处置，命刀斧手推出军门问斩。自此军威一振，军纪严明。

时值农历腊月，将近春节。狄青下令将士坚守营寨，不得出征，又下令屯积粮草，以备军需。那侬智高听说狄青为帅，早就在昆仑关下扎重兵，加强防守，并派了许多细作，下山探听消息。这时细作又报告说狄青屯粮备需，侬智高估计，宋军将过了春节再战，就放松戒备。不料次日清晨，狄青忽然下令进军，浩浩荡荡，大军齐集昆仑关前，直逼敌营扎寨。依智高马上加强戒备。那知宋军扎寨后又按兵不动。这时已到了正月十五，百姓家，悬灯结彩，欢度元宵，狄青宣称大宴三日。第一日狄青亲自主持，欢宴全军将佐，通宵达旦；第二日，狄青又亲自主持，欢宴全体军官。开宴时，狄青亲自劝酒一巡后，忽然称疾退到后帐，说是稍服药即出，其间还几次派人出来劝酒。众人知主帅军令如山，谁敢离席外出，直到天明。忽然军使来报："狄将军已于昨夜三鼓亲率精锐，攻占昆仑关！"

当时，侬智高得知，宋军宴乐三日，放松戒备。这一夜大风大雨，侬乘机也在寨中欢庆他称帝后的第一个元宵节。其实，当宋军在昆仑关下扎营时，狄青已从广南行营备用的骑兵中，抽调一支最精锐部队，秘密埋伏在山下待命。元宵宴乐到第二夜，风雨大作，狄青心想：破敌的时机来了。他称病退出后，还安排好副将再番出来劝酒。因为全体将佐都在席，他根本没有动用南方的将士，因此全军上下都没人怀疑狄青会去奇袭，更别说敌人的细作了。

这支奇袭昆仑关的骑兵，正是由后来成为北宋名将的杨文广率领。由于他在这次战斗中立了奇功，就被狄青提升，顶替陈曙的广西钤辖一职。

狄青一举攻克昆仑关后，就在归仁铺扎营，乘胜追击，攻克邕州，平定叛乱。在回师途中，狄青经过桂林城南，到了原先在那里求神的庙前，去还愿取钱。帐下的军士们卸下钉子，取钱来仔细一看，原来一百枚都是两面钱。当初，狄青撒钱，是一种鼓舞士气的做法。

狄青保持了元宵欢宴的伪装外形，神不知鬼不觉地率精兵偷袭昆仑关，打开了邕州的大门。这里使的就是“金蝉脱壳”计。这个“壳”制造的假象，不但可以麻痹敌人，还可用来调动敌军。

毕再遇悬羊击鼓惑金兵

南宋宁宗开禧年间，金兵屡犯中原。南宋名将毕再遇先后在泗州（在今江苏泗洪）、盱眙（今江苏洪泽湖附近）、灵壁（在今安徽）、楚州（在今江苏淮安）等地大败金军，威名远震，金兵闻之丧胆。一次，金兵又调集数万精锐骑兵，要与宋军决战。此时，宋军只有几千人马，如果与金军决战，必败无疑。毕再遇为了保存实力，准备暂时撤退。金军已经兵临城下，如果知道宋军撤退，肯定会乘势追杀，那样，宋军损失一定惨重。毕再遇苦苦思索如何蒙蔽金兵，转移部队。这时，只听帐外马蹄声响。毕再遇受到启发，计上心来。

他暗中作好撤退部署。当天半夜时分，命兵士巧妙的制作鼓声。金军听见鼓响，以为宋军趁夜劫营，急忙集合部队，准备迎战。哪里知道只听见宋营战鼓隆隆，却不见一个宋兵出城。宋军连续不断地击鼓，搅得金兵整夜不得休息。金军的头领似有所悟：原来宋军采用疲兵之计，用战鼓搅得我们不得安宁。好吧，你擂你的鼓，我再也不会上你的当。

宋营的鼓声连续响了两天两夜，金兵根本不予理会。到了第 3 天，金兵发现，宋营的鼓声逐渐微弱，金军首领断定宋军已经疲惫，就派军分几路包抄，小心翼翼靠近宋营，见宋营毫无反应。金军首领一声令下，金兵蜂拥而上，冲进宋营。这才发现宋军已全部安全撤离了。

原来毕再遇使了“金蝉脱壳”计。他命令兵士将数十只羊的后腿捆好绑在树上，使倒悬的羊的前蹄拼命蹬踢，又在羊蹄下放了几十面鼓。羊腿拼命蹬踢，鼓声隆隆不断。毕再遇用“悬羊击鼓”的计策迷惑了敌军，安全转移了。

李秀成植旗设疑巧回师

“植旗设疑”之计的始作者为太平天国忠王李秀

成。1860 年初，为了打破清军江南大营对天京（今江苏省南京市）的围困，太平天国制定了围魏救赵二破江南大营的计划之后，确定由李秀成率部奔袭杭州，攻敌之所必救，以吸引和调动江南大营清军；当出现上述情况后，立即放弃杭州，回师天京，围攻江南大营。

李秀成为了迅速攻克杭州，采取了一系列谋略行为：他首先命令李世贤领兵一部，大张旗鼓地进攻湖州，以伪装主力诱使清军放松对杭州的戒备；尔后则亲率精兵六、七千人，打着清军的旗号，穿着清兵的衣服，伪装成清军，日夜兼程到达杭州城下。由于驻守杭州的清军长期过着太平的日子，再加上李世贤的佯攻行为，就使其丧失了应有的戒备，因而太平军便于 3 月 19 日一举攻下了杭州城。

杭州是清江南大营赖以支持的饷源重地，江南大营统帅和春早在得知太平军人浙时，即于 3 月 10 日派总兵张玉良率二千清兵增援。但是咸丰皇帝深怕丢掉浙江这个财赋之区，严令和春增调劲旅赴浙增援，并命和春兼办浙江军务。和春无奈只得遵旨加拨援兵。这样先后从江南大营派出一万二千多人，统归张玉良指挥。张玉良于太平军攻陷杭州四天之后，即 3 月 23 日才到达杭州城外。李秀成见调动江南大营清军的目的已经达到，遂于 3 月 24 日，在城内遍插旗帜作为疑兵，连夜撤出杭州，率军急驰北返。仅用 11 天时间就赶回了天京外围。而张玉良率领的援军到达杭州城外后，开始未敢攻城，后中了李秀成的疑兵之计，以致于李秀成退兵一天一夜尚未发觉，待进城发现上当后，又未马上回师。这样，江南大营这支劲旅就被李秀成置于无用武之地，造成了江南大营兵力的空虚，因而被太平军一举攻破。

由李秀成亲自组织指挥的攻杭救京的作战行动，是二破江南大营的关键，表现了这位清朝名将过人的军事才能，尤其是他在攻克杭州、达到调动敌人的目的之后，在城内“植旗设疑”巧妙地摆脱清兵，迅速回返，实为“金蝉脱壳”之计的绝妙运用。

奇兵致胜

马其顿王亚历山大三世，即亚历山大大帝（公元前 336～323 年在位）是一位智勇双全的指挥官，对于他的谋略，史书曾详加记载。

如公元前 327 年，亚历山大攻到波斯王国东部，发现敌军占领着一个山口，据险固守。山口形势极险，易守难攻，无法靠近。他下令退军十里，安营扎寨，

关云长义释曹操

寻访附近山民。寻访中发现一个牧羊人，牧羊人知道有一条隐秘的险峻小路，可以翻过大山，绕到山口后面。亚历山大闻讯后计上心来。他下令抽调一部分善于爬山的骁勇士兵，悄悄出发，翻山越岭，从背后去攻击守军。但同时又命令当晚做饭的炊火数目保持原样，不得减少，以免敌军生疑。次日凌晨，大部队从正面发动攻击，绕到山后的小部队从背后扑向敌人，前后夹攻，敌军难以招架而溃败。

又如在公元前 326 年，亚历山大率军攻入印度，来到海达斯帕斯河边。河对岸，印度的王公波罗斯率兵利用天险据守，渡河十分困难。亚历山大看着滚滚的河水，决定逆流而上，另选渡河地点。他行军数日，来到一处，准备渡河时，却发现波罗斯也已率兵赶到对岸。他见状便顺流而下，另选渡场，却又发现波罗斯兵驻左岸。此时，亚历山大便将计就计，干脆沿着大河不停地调动部队。波罗斯最初是派部队隔岸相随，后来则只派侦察部队注意敌军动向，最后认定亚历山大其实无意渡河，只不过是要扰乱守军而已。于是，连侦察活动也逐渐松懈下来。亚历山大断定时机成熟，便暗暗征集木船、皮筏、竹排等渡河用具，隐蔽起来。接着派出一股部队，开赴一个渡口佯装渡河的模样，吸引对岸敌军的注意，大部队却急行军赶到隐藏船筏之处，从容渡到对岸，未遇任何抵抗。

罗马军脱险

古罗马人善于利用敌人的心理，安排自己的作战活动。这在公元前 102 年的一次行动中表现得尤其突出。

公元前 2 世纪末，罗马人经常受到北面的辛布里人和条顿人的侵扰。辛布里人和条顿人自阿尔卑斯山南下，气势汹汹，勇不可挡。公元前 102 年，罗马将领昆图斯·卢塔提乌斯·卡图卢斯在阿迪河附近又吃败仗，只好率军逃跑。跑着跑着，又遇到一条小河挡路，河对岸还有敌军把守。真是前堵后追，河流添乱，情况十分危急。卡图卢斯决定用金蝉脱壳之计脱身。

他命令部队到附近山头上安营扎寨，实际这不过是摆出一副安营的架势，叫尾随的辛布里人看，同时他又暗暗命令部队不得打开辎重，不得脱下盔甲，不得离开队伍或乱了阵形。为了加深给敌人造成的印象，他又命令部队在敌军容易看到的地方搭起帐篷，点上灯火，修筑壁垒，并派一些士兵去收集木材。辛布里人见状，认定罗马人又像往常一样，正在安营，自己也动手选择地点安营，准备次日决战，一举全歼罗马人。但辛布里人军纪不如罗马人严格，一听说安营，队伍便一哄而散，纷纷跑到附近村庄去找安营需用的物资。

此时卡图卢斯正睁大眼睛看着辛布里人的一举一动。他正是根据辛布里人平日军纪不严的特点，设下此计。看到辛布里人分散以后，知道时机成熟，立即命令部队迅速整队出发。部队转眼渡过河去，击败了未曾走散的少数敌军，继续走向撤退。卡图卢斯用计挽救了罗马军的厄运，次年又消灭了凶猛的敌军。

斯巴达克“金蝉脱壳”

“金蝉脱壳”计也是罗马起义领袖斯巴达克常用的

避战歼敌之计。公元前 74 年（有些史料记载为公元前 71 年），罗马爆发了最大的一次奴隶起义，其领导者就是斯巴达克。公元前 73 年初，斯巴达克的队伍在坎帕尼亚得到扩充，增至 1 万人，随后，多次打败罗马军队。随着起义的发展，起义军也逐步走上正规，建立军团、骑兵，制造武器，组织训练，对罗马政府构成了威胁。公元前 73 年秋，罗马元老院派大法官瓦里尼乌斯（也译瓦伦温）率军讨伐斯巴达克。罗马政府军共 2 个军团，计 1 万 2 千人，面对强敌，斯巴达克镇定自若，决定采用各个击破的战术，击败罗马军。他首先集中优势兵力在坎帕尼亚东部吃掉瓦里尼乌斯副将傅利乌斯的 2 千人马，尔后回师击败前来增援的另一支罗马军。瓦里尼乌斯虽遭痛击，但他依靠重兵将起义军围困起来，并在四面挖深沟，筑土墙，企图一举歼灭起义军。起义军由于连续作战，消耗巨大，粮食将尽，面临全军覆没的险境，斯巴达克决定采用金蝉脱壳之计。

他指挥起义军利用夜暗把死尸绑在营前伪装成哨兵，四处点起篝火，留下几个哨兵定时吹号，整个军营从表面看同平常一样。当夜，全部起义军按预定计划从敌人认为无法通过的山路突出重围，并选有利地形，设下伏兵。

第二天，起义军营地空无一人，瓦里尼乌斯恼羞成怒，命令部队寻踪追击，结果经翻山越岭而疲惫不堪的罗马军乖乖地进入了伏击圈，起义军突然冲击，杀声四起，罗马军措手不及，落荒而逃，大部被歼，起义军获得大胜。

此战对起义军起到了巨大的鼓舞作用，增强了战胜政府军的信心，公元前 72 年，起义军人数已达 12 万人，成了罗马政府的心腹大患。

拿破仑的金蝉脱壳计

进入 1799 年下半年，拿破仑在埃及的日子一天比一天难过，他的地中海舰队被英国海军一网打尽，彻底失去了对本土的联系，巴黎的政局如何他一无所知；他计划进军印度的企图，在叙利亚的阿卡一战中又化为泡影，只得无功而返。回到开罗，部队士气低落到几乎哗变的程度。6 月下旬，拿破仑已在偷偷准备逃离，他命令海军将领冈托姆在亚历山大港秘密准备两艘快速炮帆船待命出港。7 月份，拿破仑集结了 1 万人，将在阿布基尔湾（亚历山大港附近）登陆的 8 千名土耳其人全歼，数千人战死或淹死，一部分人被俘。双方在交换战俘时，拿破仑才从英军送给他的报纸中得知，法国国内局势正急转直下。在莱茵和意大利的法军被奥军和俄军击败。举国上下惊惶不安，一片混乱。

就当时的情况而言，拿破仑无论如何也不能离开埃及，因为法军时时处在土耳其和埃及人围攻之中，加上当时瘟疫盛行，身为东方军团司令不可能脱身。但是“祖国处在危险之中”，也正是他夺取政权的最佳时机，于是他决定返回法国。怎样脱身呢？他想出一个金蝉脱壳之计。

8 月 11 日，他称打胜仗要回开罗总部庆祝，返回了开罗。8 月 18 日，当人们还沉浸在胜利的喜悦中，他挑选了几个贴身人员，乘夜幕悄悄离开了开罗，声称要去埃及视察，实际上他沿尼罗河而下，22 日又神不知鬼不觉地回到亚历山大港。黄昏之后，他在冈托姆将军的陪同下秘密地登上了一艘快速炮帆船，他迎着拂晓的微风启航。抛弃了他的部队也抛弃了他的情妇，仅留给克莱贝尔一封信，命令他代理东方军团司令。

经过 47 天的顺利航行，并成功地躲开了纳尔逊舰队，拿破仑于 10 月 9 日在法国本土登陆。紧接着便发生了“雾月政变”（雾月是法国革命历的第 2 月，即公历 10 月 22 日至 11 月 20 日）。

迷惑敌人

“金蝉脱壳”并不是一走了事，它是一种摆脱敌人的分身之法。“脱壳”的实质是用诡诈之术迷惑敌人，伪装和掩护自己的真实意图。企业经营者在面对强劲的对手时，运用此计，可摆脱被动局面，减轻自身压力，达到走而示之不走、稳住对手、脱离险境、寻找新的战机、最终战胜对手之目的。

如在30年代，上海经营蚕丝的虎林公司面对实力雄厚的日本三井洋行和美国美鹰洋行的挑战，曾成功地运用“金蝉脱壳”之计战胜了对手。有一次，虎林公司卖给美鹰洋行2100包蚕丝，是抛的空头。美鹰洋行在成交后故意捣乱，向各丝栈散布消息，引起很多丝栈通事纷纷到虎林公司兜售生意。

这时，虎林公司如果出手买进，就会立刻导致市价上涨。而且虎林公司与美鹰洋行约定的交货日期非常紧迫，不能延期，势必高价吃进，造成大面积亏损甚至倒闭。虎林公司识破了美鹰洋行的诡计，一面佯装准备购丝，但不付诸行动，以稳住对方。与此同时，立即和中国银行商妥做国内押汇，派人去东北收购，如期交货，一举击败了美鹰洋行企图挤垮虎林公司的用心。

从小小药油起家的亿万富翁

香港的白花油企业是由一则祖传秘方的启发下自配药自经销的小本买卖发展起来的，如今该企业主颜氏家族的财富已达5亿余港元。

白花油企业的创业者颜玉莹原是做糖果、面包等小生意的。结婚后妻子刘氏从娘家带来一则白花油的祖传秘方，这种药油由薄荷脑、冬绿油、薰衣草和樟脑等天然配制而成，主治肚痛、感冒鼻塞，防治蚊虫叮咬等小毛病。原来这自制药只是家用，因药效特好，亲朋好友纷纷来讨用。鉴于此，颜玉莹突发灵感，决定试销白花油。初试成功，白花油很受顾客欢迎，于是他结束了其他营业，专心经营白花油。

为了打开白花油销路，使白花油家喻户晓，颜玉莹用出奇制胜的手法大肆进行宣传。他亲自和伙伴们一起，到港九新界每个角落，张贴广告，或钉上铸有白花油字样的铁皮商标，以广泛招徕顾客。后来他又想法把铁皮商标钉在流动船只上，以吸引市民注意，而每日付给船主的广告费仅一元几角就够了。这种广告费用少，收获大。他最成功的一次宣传，也许要算

1953年在香港的义卖救灾运动中，因捐钱最多而摘取慈善皇后桂冠，因此白花油销路直线上升。为了长期吸引人们使用白花油，他还成立了香港白花油慈善会有限公司。凡报名成为会员的，只要每月购买一瓶白花油，此人寿终后，其遗产继承人便可以领取一笔数目可观的钱。这种做法很能吸引人。该慈善会吸收会员最多时达一万人。白花油的声誉也随之鹊起，变得家喻户晓。

白花油之所以能够长销不衰，除效果好，宣传有力外，以不变应万变的策略也是很重要的一个原因。白花油企业从开创至今，60余年来它的配方成分始终没变，就是它的玻璃瓶子的设计和外壳包装也一成不变。为什么不变？颜玉莹自有一套独特的见解。他认为：一种消费者欢迎的商品形象，是经过长年累月的经营才能建立起来的。它的包装形象已深入用户脑中，不应该轻易改动。一种药能够风行几十年，是经受了用户的考验，认为确实有效才能生存下来。既然它已为用户接受，贸然更改成分是不明智的。

棋高一着的经营都善以“超常识”的思维，实施“金蝉脱壳”的经营手段。他们不随潮流，不抢风头，而是寻找市场的潜在需求，独树一帜，在别人没有想到和看到的“空白区”，以常人不在意的投资、生产、销售、服务等诸方面搞出自己的经营特色，出奇制胜，这样就比较容易获得人们意想不到的成功。

三胜制帽公司的“杀手锏”

近年来，年轻人在盛夏外出时，总喜欢戴一顶漂亮大方、通风遮阳的空心帽。殊不知这种帽子是由台湾青年企业家戴胜通首创的。

戴胜通出身在海滨一个偏僻的小村庄，从小没受过多少教育，年纪轻轻就去当制帽工人，后来和几位朋友合伙开了制帽小作坊。

起初，他们以编织大甲草帽为主。这种帽子是用大甲所产的兰草制成，轻柔、坚韧、美观，是台湾重要的手工艺品之一。从事这种工作的人很多，年产帽子 1500 万顶，畅销东南亚和欧美一带。

几年后，戴胜通看到只做草帽费工费料，竞争不过那几家老作坊，于是就迅速转产塑料帽，并于 1970 年成立了专制各种塑料帽的工厂。由于他所生产的帽子款式新颖、美观大方、价格低廉，不仅在台湾岛内迅速打开了市场，而且也开拓了海外市场。

然而好景不长，到 1975 年，美国的帽子厂商推出了几种新式帽子，既有颜色鲜艳的海滩帽、运动帽，

诸葛亮巧辞鲁肃

又有经过重新设计的传统草帽。戴胜通的公司受到致命的打击，国外的订货单基本绝迹，岛内的需求量也直线下降。

戴胜通和他的设计人员吃不下饭，睡不着觉，想方设法挽回惨败的局面。戴胜通首先想到，塑料帽的致命缺点是不通风，越戴越热，这主要是帽子包住头顶所致。

一般人戴的海滩帽、运动帽只是用来遮阳和挡风的，那么帽子的头顶部分就没有多大用处。想到这里，他灵机一动，为何不加大帽舌，取消帽顶，这样不是既可以通风，又可以遮阳、束发，一举两得。于是他们连夜设计出新帽子的图纸，并在短的时间里赶制出了样品。

改革后的帽子只保留了帽舌和头前一小部分，帽沿改为可调节大小松紧的活动按扣，整个帽顶全部取消，制作成本大幅度下降。这一批新型空心帽投放市场以后，很快就风行全球。目前，仅这种空心帽就年产 5000 万顶，远销世界各地。

与此同时，戴胜通又将布质的运动帽改为尼龙运动帽，使这种帽子消除了质地松软、染色不均不稳的缺点，具有挺直、不皱、色新艳丽，可反刷、可更换图案等特性，胜过了风行一时的美国帽和日本帽。

目前，台湾是世界上出口帽子最多的地区，戴胜通领导的三胜制帽公司是台湾出口各种帽子最多的企业。戴胜通穷则变，变则通的经营方法，也在台湾企业界传为美谈。

列维尔金蝉脱壳收投资

美国马里兰州列维尔铜矿及铜器公司长期垂涎西印度群岛牙买加国富饶的铝土矿，他们于 1967 年乘该国工党首次执政之机，与之签下为期 25 年的“独资特许协定”，试图从中攫取巨大利益。

然而列维尔老板从一开始就选错投资方向，用错经营模式，因为该公司所辖的铝矿虽丰富，铝土质量却十分低劣，这不仅耗去超额燃料，还使设备过度磨损，这一切导致生产成本居高不下并逐年攀升。尽管如此，列维尔老板仍旧放心大胆地亏损经营，使该公司显出充满经济活力的假象。

原来列维尔老板在暗中实施“存其形”策略，使东道国政府和竞争对手不生疑窦，借机再作脱身打算。

就在此时，牙买加人民党击败民主党上台执政，新领袖迈克尔·曼利上任后立即出台一系列新政策，其中包括将税收提高到铝业生产总值的20%，这一不高的标准却使列维尔公司不堪重负，老板决定寻找借口溜走。他先向牙买加最高法院投诉曼利政府践约，不求胜诉只为诱引法院确认事实，迫使曼利总理公开为自己辩护。继而抓住对方的辩解之词，将其指称为“征收行为”。然后再以“遭受征收风险”为由向美国国际开发署要求赔偿，在开发署拒赔的情况下，又将开发署送上商事仲裁庭的被告席。

经过一番殚精竭虑的思谋，列维尔老板终于打动仲裁庭，裁定其损失由美国国际开发署按保险合同条款予以赔偿，赔偿总数为5500万美元。然而，列维尔老板却不满足；要求以账面价值作为赔偿参数，此议一出，被开发署抓住把柄，答应对方要求，但以公认的会计结算原则作为审核。

这样一来，列维尔老板大跌眼镜，剔除公司设备及生产设施的减值额以及免税利益，列维尔公司只能获得130万美元的赔偿。

虽然在最后关头被对手钻了空子，列维尔老板仍然完成了脱身计划，阻止了血本无回的后果。

市场竞争中，此计进可诱使对手入彀，退可保存有生力量，再觅发展之机。列维尔一面维持生产现状、构造扩资态势，一面暗中策划抽身步骤，最终使美国国际开发署按其表现确定赔偿550万元。

由此可见，造声势固然重要，抽身的态度更应果断。

制造假象日商大上其当

“宝德尔和甘布尔”公司是一家跨国企业集团，它的产品门类众多，从食品到生活用品跨几个行业，但其主要拳头产品则是高档次的洗发护发用品。在这一产品市场上，“宝德尔和甘布尔”的主要竞争对手是日本的“克奥”公司，后者以“克奥”系列的洗发香波和护发素闻名于世，并拥有更高的市场占有率。

1990年，“宝德尔和甘布尔”不满足于现有两个品牌的去头屑洗发水和二合一洗发水的销售成绩，力求开发新产品打开市场；而“克奥”公司也感觉到消费者对原有的“克奥”系列蛋黄洗发水、薄荷洗发水等老面孔的厌倦，开始寻求新的配方。几乎同时，两家公司都看上了“维生素原 B_5”这种护发元素，并开始研制开发含有这种元素的护发洗发水。

由于双方都知道对方也在开发同一产品，因而都力争抢先上市，以取得先声夺人的优势。于是，大家都在争分夺秒，密锣紧鼓地进行研制工作。但是，一项新产品的开发并不是轻而易举的，即使是完成了配方的调试，在批量生产时也会有些技术问题需要解决。正当双方都处于这样的关头时，“宝德尔和甘布尔”公司在几个大地区的市场上举行了一个旧品牌二合一洗发水的大型促销活动，一时间，这品牌的广告比平时增加了两倍。

这种商业行为，引起了“克奥”公司情报分析人员的注意。他们认为，这一行为提供了美国人并不急于推出新产品的信息。因为如果美国人已着手推出新产品，就没有必要在旧品牌上浪费促销投资，而应把这些投资用在即将推出的产品上。因此，他们得出结论，美国人的技术问题尚未解决，我方仍有足够的时间；只要抓紧解决残余的技术问题，就能抢先推出新的洗发水。公司决策层同意了这一分析。于是，日方的研制部门进入冲刺阶段，促销部门也蓄势待发，准备一个月后发动宣传攻势。

谁知，两周后，美国人突然在各个区域市场举行了声势更为浩大的宣传活动。用海报、传单、电视等各种媒介铺天盖地地向消费者推广“维生素原 B_5”这个新名词和含有这种元素的新品牌；10 天后，拥有淡紫色方盖瓶包装，适合不同发质的营养洗发水面市，马上受到消费者的欢迎。这一下，使日本人措手不及，等到他们加班加点、急急忙忙推出自己的新型洗发水时，“宝德尔和甘布尔”的“维生素原 B_5”营养洗发露已打开局面，深入人心了。日本人的宣传攻势也大为逊色。这两种同类型产品比较起来，自然是美国货的市场占有率高。

原来，美国人已抢先解决了新产品生产的技术问题，他们对于旧品牌的促销活动，只是为造成日本人错觉的一个疑兵之计。日本人果真上了当，失去了先手，让美国人占了先机，赢得了优势，结果，日本人只能捶胸顿足，徒呼奈何。

经销竞争中的金蝉脱壳

假买真抛，是在经销竞争中，以虚掩实，以买为假象，以抛售为目的的谋略。

辛亥革命后，日本的狮子、金刚牌牙粉统治着中国的牙粉市场。在本世纪20年代，企业家陈蝶衣创立了三友工业社，在极端简陋的条件下研制出了国产牙粉，取“无敌”的谐音，打出“蝴蝶牌”的标牌。这个标牌顺应了抵制日货的爱国思潮，很有吸引力。可是，因为日本牙粉久负盛名，为大家所熟悉，而蝴蝶牌则刚推向市场，一时还没有被推销商所接受。陈蝶衣便采用先买后抛的策略，到上海各个经商店去穿梭询问：“有蝴蝶牌牙粉卖吗？听说这种牙粉好过日本的狮子牌和金刚牌，而价格又更便宜。”店主们听到这样的反映，互相了解，得到的消息也都能互相印证，于是各个经销店都是到三友工业社去进货，蝴蝶牌牙粉从此畅销，最后将日本牙粉挤出了中国市场，在中国的牙粉市场中取得了霸主地位。

刘秀避祸计

新莽末年，爆发了绿林、赤眉起义。在绿林军中，以刘縯、刘秀兄弟为首的春陵兵战功卓著，刘秀兄弟便逐渐受到了更始帝的猜忌。公元23年，刘秀在昆阳与绿林军首领王常、王凤等人以九千人打败了王莽的四十万大军。因此，解除了王莽大军对于更始政权的威胁，接着，又率兵攻下了颍阳。可是，就在这时，他的哥哥刘縯却在宛城被更始帝杀掉了。这时，更始帝以及一些仇视刘秀兄弟的人都在观察刘秀的动向，侍机寻找借口以除掉刘秀。刘秀看到这种情形，显得异常镇定，马上从父城赶到宛城，向更始帝谢罪。刘縯原来的下属纷纷赶到刘秀这里致哀，言谈吐语之间，刘秀从不流露自己的私情，只是检讨自己的罪过，对于自己在昆阳城所立的战功，从来不向别人提起。他也不为刘縯服丧，饮食谈笑和平时一样。刘秀的泰然神情，终于使更始帝等人解除了猜忌，并且更始帝本人也觉得有些对不起刘氏兄弟，便拜刘秀为破虏大将军、武信侯，刘秀终于避免了杀身之祸。三个月以后，刘秀以破虏大将军行大司马事的身份到了河北，镇慰州郡，网罗人材，召集兵马，开始了统一中国的事业。

温峤智醉脱身

晋明帝时，温峤被拜为侍中，参预国家机密大事，后来升任中书令。大将军王敦图谋篡位，对温峤十分忌恨，总想找时机将他除去。温峤为人一向非常机智，早就洞悉王敦如此所为，便假装十分殷勤恭敬，综理王敦的府事，时常上前对王敦贡献一些密谋，藉此迎合王敦，渐渐地取得了王敦的信任。

温峤结交了王敦的惟一亲信钱凤，使钱凤在王敦面前主动称赞自己，所以他便时常假装对钱凤说："钱世仪（凤号世仪）先生的才华、机智、能力过人，更是经纶满腹，盖世无双。"钱凤受到温峤的夸奖，自然高兴，两人关系甚密。这样，由于这种关系，王敦也逐渐把温峤当作亲信。

不久，丹阳尹辞官出了缺，温峤主动向王敦提议，让钱凤出任。然而，钱凤过意不去，便推让温峤赴任。实际上这正是温峤内心期待的结果，表面上温峤仍是假意推辞。王敦见温峤如此谦逊，就荐派温峤上任为丹阳尹，并且嘱其就近暗中探听朝廷中的一切变化，随时密报。

温峤很怕钱凤在自己启程之后向王敦进谗，再被召回，就藉着王敦为自己饯别的酒宴，找机会挑拨王敦与钱凤的关系。席间，温峤起身向在座的每一个人敬酒，轮到钱凤时，温峤装作已经喝醉，故意以笏（即俗称朝王板）击敲钱凤束发的巾坠，并装出不高兴的神态说："钱凤算什么东西，我温峤好意敬酒，谁敢不喝！"钱凤为此很不高兴。由于温峤表演得十分逼真，王敦以为温峤真的醉了，便过来从中劝解。温峤临走时，还跪到王敦面前叩别，涕泗纵横，出了王敦的住所后，又假意回去了三次，好似十分依恋。

赵子龙智取桂阳

第二天，钱凤对王敦说：“温峤与朝廷素来关系密切，尤为皇上所宠信，不可对他过于信任。”王敦一听，认为这是恶意中伤，很不高兴地说：“温峤昨天喝醉了，对你才有所失礼，对于这些小地方，你怎么能来我这进谗报复呢？”温峤深谋远虑，早就准备好了应付钱凤的这一着，使得钱凤讨个没趣退了出去。

温峤平安抵达建康之后，将王敦心存叛逆的事情尽数告知了明帝。又和大臣庾亮一起，计划如何征讨王敦。这消息传到了王敦处后，王敦尽管气得暴跳如雷，可是发怒又有何用，无法挽救失败的命运了。温峤料事如神，并发挥得合时宜地，王敦、钱凤远不如他，当然要屈于下风了。

韦孝宽巧脱追骑

南北朝末年，陈静帝临朝亲政。受皇上赐封为蜀公的尉迟迥是个一心求利、贪图功名的人。其时，朝中另一大将韦孝宽，正奉命南征，尉迟迥深怕他立功回朝，皇上对他会褒奖赏赐，而使自己失宠，就在暗中计划如何翦除这根肉中刺、眼中钉。

不久，韦孝宽带军由山西入陕西回来，半途休息，军队在朝歌附近扎营。于是，尉迟迥便利用这大好机会，突施他的阴谋诡计。尉迟迥一面派自己的心腹、大都督贺兰贵，带着一封自己亲笔所写的慰问函件，交予韦孝宽；一面利用韦孝宽患有宿疾，须沿途求医的机会，派人在相州布置许多密医，等韦孝宽路过求医时，寻得机会将他害死。尉迟迥仍怕没把握，另外又派一个心腹，即魏守郡将军韦艺，利用韦艺为韦孝宽宗侄的亲缘关系，在迎接韦孝宽入城时，寻机将其擒拿，真可谓机关算尽。

韦孝宽颇有心计，反应迅速，且机谋善断。见识超人一等，为当时有名的大将军。当他收到贺兰贵带来的尉迟迥的亲笔致候信时，对尉迟迥邀他回朝廷叙谈一事，当即心头犯疑，觉得尉迟迥此举有些反常。于是，他便暗中有所提防。他本不想回去，但考虑到必须回朝廷朝见陈静帝，所以，回贺兰贵话时，借口身染重病，必须慢慢行走，到城日期难以确定。

韦孝宽途经相州时，并未找当地医生看病，所以，使尉迟迥的密医加害计划落空。最后，只有走韦艺擒拿这条道了。当韦艺前来迎接时，韦孝宽有意问起有关尉迟迥的事情。对于这突发的奇问，韦艺回答得吞吞吐吐，现出故意为其掩饰之状。韦孝宽一下子明白了韦艺定有什么难言之隐，心中的疑虑更深一层，于是，便恐吓韦艺，说要将其斩杀处死。韦艺看其叔父似已掌握了一些情况，便十分害怕，于是将尉迟迥的种种阴谋全盘说出。

韦孝宽知道了这情形之后，细细思量一番，他知道自己所带的亲骑人数不多，且正处于尉迟迥的势力范围之内，必须采取比较特殊的措施，叫尉迟迥意想不到的计策，方能安全走脱。于是，他带上韦艺和部属向西面绕道逃奔，每次经过一个驿站时，总是对那些驿站的负责官说："蜀公尉迟迥马上就要到了，赶快准备美酒佳肴恭候大驾吧！"

尉迟迥见韦艺多日不归，料到其中有变，既然杀死韦孝宽的决心已定，就决不能让其在自己的手掌里逃走，最后，尉迟迥孤注一掷，派遣仪同大将军梁子康，率领数百位军中好手，快马加鞭地追捕韦孝宽。

梁子康顺韦孝宽逃迹而追，不想，每到一个驿站就被接待入席，这自然耽误了许多时刻，再加上酒醉饭饱，锐气大减，行动迟缓。终于由急迫变缓追，距离越拉越大。韦孝宽终于凭自己的智谋，平安地脱离了险境。

十三郎机智脱身

南宋神宗年间，这一年的元宵之夜，京城街市中灯火辉煌，于是城中的人们都出来赏灯游玩。大臣王韶幼子王南陔，排行十三，家里人都管他叫十三郎。十三郎那年才五岁，但聪明过人。十三郎见外面人来人往好不热闹，便央求父母准许他到街上观灯。王韶一想这可以让他开开眼界，就派家丁背着他去观灯见识。十三郎头戴珠缀成的丝绒小帽，身穿锦绣花衣，很是惹人注意。家丁们簇拥着他随着人流拥来挤去，看得很是开心。未料道，他这身打扮已经引起贼人注意，拥挤中被贼人换背背上，转身就走。过了一会儿，家丁们才发现小主人十三郎不见了，问谁谁也不知，一时慌了手脚，分头寻找。他们找遍了全城也未能找到，只好回府将十三郎失踪一事报告给王韶。十三郎的母亲听了急得眼泪汪汪，可是王韶却很镇定，他安慰妻子和家人道："别的小孩也许会走失，咱们的十三郎一定会自己回来。"尽管他这样讲，全家老少还是惊慌不安。

转眼几天过去了，十三郎的消息还是一无所获，连王韶也沉不住气了。正当全家人愁眉不展之际，忽然门外来了一辆宫车，一位太监从车上下来，让全家人接旨。原来是宫廷派人送十三郎回家来了。全家人见十三郎回来了，都喜出望外，争先恐后地询问他这些日子到哪里去了。十三郎一五一十地对家人讲述了事情的经过。

原来，当他离开宣德门后，低头一看带自己来的家丁不见了，再一看背着自己的人十分陌生，他知道是让歹徒给骗来了。他不哭也不闹，只是把那顶喜爱的小帽摘下来藏在怀里。来到东华门外，正巧有几辆宫车从身旁路过，十三郎看准机会，顺手抓住车顶的垂幔高声呼救。歹徒猝不及防，撇下十三郎就逃。坐在车里的内侍将他抱住，见他小小年纪竟这样机灵，模样又长得惹人喜欢，很是疼爱，就把他带入皇宫。

第二天，内侍抱着十三郎上殿面君，奏称这件事是皇帝得子的吉兆。神宗满心欢喜，问十三郎是谁家的孩子，十三郎凛奏道："小儿乃是王韶幼子。"接着又诉说了入宫的经过。神宗见他应答如流，毫不惊慌，感叹道："王韶竟有这样的好儿子，真是他的福气！"就让十三郎留在宫中玩耍几天，同时下密诏捕获劫持十三郎的一伙歹徒。这伙歹徒，没过多久就全部被捉拿归案。十三郎在宫中这几天，宫里上上下下无不喜欢他，他也不感到寂寞。待神宗让内侍送十三郎回家那天，宫里很多人都舍不得，送给他许多好东西，连神宗也赐给他一些宝物。家里人听十三郎讲完这一切，又不住地向皇帝叩头谢恩。

义女智救石达开

石达开与洪秀全、杨秀清分手，率领着手下兵马进入蜀地，一路上被清军追迫得势力日渐单薄。

话说当年，石达开在攻取广东时，曾救了一位少女，为她洗雪了姊姊和嫂嫂的冤情，还替她的生父生母建造坟墓。少女感恩不尽，情愿以身相许，服侍枕席之旁，可是为他所拒绝，他说："既然我们以义父义女相称，我是不能背着道义纳你为妾的，同时，我要求部下凡是奸淫的一律处死，我若是答应你，那将何以禁压部下呢？我按理应为你选择一个好的夫婿！”于是凡见到部下中有年轻的军官，长得英俊而尚未成家的，必指着让义女看见，而后问说：“像那位军官，你愿嫁他么？”义女眼睛一扫，便摇摇头，时间过得很快，经过相当时日，少女还是找不到如意郎君。有一次，石达开对她说：“青春不再，赶紧选个乘龙快婿吧，别让岁月平白流逝！究竟你要选个何等人才，方才嫁呢？”适巧当时有一位书记站在旁边，少女便用手指着他说：“像那个人与我有缘！”这么一说，粉脸通红，害羞得不敢再说什么。石达开以为两人已有私情，于是便成全他们，选个好日子结婚。其实，书记和少女直到花烛之夜才开始交谈。

关云长义释黄汉升

等到石达开被清军追得走投无路，而准备自杀时，将所藏的珠宝全部送给义女，义女含着眼泪推辞说："女儿早已料到有这么一天，所以别人我都不愿嫁，而嫁给书记，乃是因为书记的面貌长得非常像义父，一旦有危难，可以救急呀！"于是叫她丈夫起来，把衣服和石达开对换过来，起先她丈夫还恋恋不忘她的美色，不肯干脆地答应，她便提起剑来要自杀，至此，她丈夫没有选择的余地，把衣服脱下来。石达开为义女的大义深深感动，穿着书记的衣服，收集一些金银珠宝，就像金蝉脱壳一般的离去，削落三千烦恼丝，遁入五台山当和尚。而清军擒住他的义婿请功就上了大当。

西太后扶子登基

满清时，英国与法国联军攻陷京都北京，咸丰皇帝抱病避难热河，随侍的有孝治皇后（后为东太后）、懿贵妃（后为西太后）。皇后无子，懿贵妃生了皇子载淳只有五六岁，母凭子贵，懿贵妃因此野心勃勃，尽量拉拢朝臣，想在宫中夺权。咸丰帝见如此嚣张，不择手段，要把她赐死，得皇后求情乃罢，咸丰不得已在病榻写下遗诏与皇后，说明懿贵妃其人危险，绝不可以信任，他日若她母凭子贵为太后时，能规规矩矩便罢，若有失检行为，可召集廷臣，宣读此诏，把她诛死，以杜后患。一面亲谕各亲王载垣、端华与肃顺等为监国摄政王。

英法联军退出了北京城，咸丰帝来不及回京便在热河行宫死了，肃顺想假传遗旨，推载垣为嗣皇帝，入宫去向孝贞皇后索取国宝，皇后见肃顺来势如此汹汹，不肯交出，推说此国宝当日由先帝交六王爷带回北京，肃顺打算奉梓官先回京。皇后又不许，说要和懿贵妃一块儿去，肃顺无可奈何只得遵命。

肃顺和端华等退而求其次，增派侍卫兵，扬言保护后妃，实想打算在半路上干掉懿贵妃母子，奉皇后一人进京。懿贵妃早已料到这一着，先派人回京谕调荣禄带亲兵来接应，到梓官出城之日，荣禄的人马也到了。肃顺见这一支禁兵到来保护，无从下手。再求其次，想自己先一日回京先行安置，废除懿贵妃名号，不让其母子入京城，便故意把行程拉慢。走了几天，看快到北京了，懿贵妃料定了肃顺的缓进企图，在小憩之时，和孝治皇后商量停当，叫两个宫女打扮成后妃模样，坐在后妃轿子里，自己却和皇后儿子载淳都化装为平民，雇了几辆轻便快车，带几名干练随员，神不知鬼不觉抄小路飞也似地暗进京城。后妃入宫时，肃顺等还在路上。懿贵妃即召集在京的文武大臣入宫，传示国宝，议立儿子载淳为皇帝，改年号为同治元年，再布置兵马于城关，迎接梓宫。至第三天，载垣和端华先到，迎进城内，即被扣捕。再派人奉旨于路上也把肃顺扣押回京，控以叛国谋反之罪，押赴刑场斩首。

“小德张”离宫

辛亥革命后，清帝退位。大清国太监总管“小德张”也不得不为自己另想出路。因为他为人尖苛，又深得皇室恩宠，故得罪了宫里不少人。许多人对他反目为仇，咬牙切齿，寻机报复。这些人也想在他离宫时夹杂在他的徒弟们之间为他“送行”。“小德张”深知这些人决不会放过自己，故提前做了准备。临走的前一天，他就把多年在宫中刮来的钱财装车悄悄地运回自己的宅子，同时考虑到过去离宫的人都从西华门出宫的惯例，他一面故作镇静，面态从容，一面放出话说第二天上午九点钟同样从西华门离宫，以稳住大家的视线，第二天一大早，很多人以为“小德张”出宫路线如同往常，便在西华门等着他，可是左等没有右等也没来，直到十二点了还没见他出来，一打听才知道“小德张”早就从东华门走了。“小德张”这次离宫正是使了个“金蝉脱壳”之计，躲开了仇人的报复。

白崇禧秘逃

1929年，张学良枪毙了杨宇霆，一下子把白崇禧苦心经营多时的“奉桂合作”计划化作泡影。

接着，蒋介石以国民革命军总司令的身份要削去白崇禧的兵权。一面让冯玉祥挡住白崇禧从北京撤往南方的退路；另一方面，派人瓦解白崇禧的军队，并派唐生智赴天津。一些白崇禧的部下，密谋将白崇禧绑架，送交蒋介石。

素有“小诸葛”之称的白崇禧决定秘密逃走。

白崇禧先乘自己的小轿车驶进一家德国人办的医院，在卫兵、司机和随从的搀扶下，匆匆推开住院部的玻璃门，一晃就消失在里面了。

过了几分钟司机和白崇禧的部下都出来，坐上原车从原路驶回。此举使人们自然认为白崇禧已经住入病房就医了。因为，凡是对白崇禧有兴趣的人都知道，白崇禧的脚有伤。

然而，几乎在白崇禧的车离开医院的同时，医院的后门也有另一辆小轿车在启动，朝着与其相反的方向飞驰。这辆车上除了司机和卫兵外，一个是三十六军军长廖磊，另一个就是白崇禧。只不过他换上了便衣，外加墨镜和假胡子罢了。

同时，白崇禧的参谋长王泽民以做生日为名，晚上在北京东来顺老店大宴宾客。白崇禧的第四集团军所属团以上军官均在被请之列。一时间，王府井大街车水马龙，冠盖云集。尽管大多数军官已决定反白拥唐，但因时机尚未成熟，不宜过早暴露面目，都抱着不妨一饱口福，顺便探听虚实的态度，欣然应邀出席。

开头，大家对白崇禧的不露面，以为是摆总指挥的架子，故意姗姗来迟；直至酒过三巡，仍不见大驾光临，就不免有所怀疑；终于有人忍不住，直接询问参谋长。这时，王泽民才解释说：“健生（白崇禧）兄因足疾复发，已住院治疗，故未能出席。”话音刚满，满座议论纷纷，有相信的，有骂娘的，吵得一塌糊涂。

当反白拥唐的军官们酒酣耳热之时，一列载着廖磊和白崇禧的军车悄悄地离开了北京。

白崇禧的“金蝉脱壳”，使自己顺利逃离北京。

鸣知县断案

清光绪年间，满州人鸣泰字声九，在云南昆明县当知县。他是翰林出身，人很聪明，很会断案。

一天，正在衙门内办公，忽然有一位富豪扭送一位樵夫来到县衙。鸣知县一问，富豪气势汹汹地说：

“我正在街上走路，哪想到这个乡下佬挑担柴来把我眼镜打破了。我要他赔，他却不肯赔。所以拉他到老爷这里来评评理，看他赔不赔？”

鸣知县又问樵夫：“你怎么打破了他眼镜，却又不赔？”

樵夫诉说道：“我挑了一担柴在街上卖，街上人多拥挤，不料柴枝误碰了他，眼镜掉下地打破了。”

鸣知县道：“既然碰掉了人家眼镜，就应赔他。”

樵夫苦着脸道：“不是我不赔，我答应将这担柴赔他，他不答应，硬要我赔八块银洋。我一个打柴的，还有一家老小生活，哪赔得起那么多钱？这担柴卖了也才有两百文铜钱。”

鸣知县见樵夫面黄肌瘦，衣衫褴褛，就劝富豪道：

“老先生就马虎一点吧，你瞧他这样穷，到哪里拿八块银元赔你的眼镜呢？”

富豪气势汹汹，蛮横地说：“这我可不管，他不赔我的眼镜我决不放过他！”

鸣知县心中暗想：这事倒很棘手，樵夫这样穷，分明赔不起，但我若硬判不赔，这富豪在昆明很有势力，为这事同他闹翻了也不好。便问樵夫：“你可识字？”

樵夫道："小时读过几年书，略识几个字。"

鸣知县便进房写了一个纸条，又拿出两百文铜钱来交与樵夫：

孙仲谋大战张文远

"这担柴就算我买下了，你再拿我这张条子去隆盛钱庄替我拿 8 块大洋来赔他的眼镜。"

樵夫感激涕零："我打破了他的眼镜，怎能要老爷代我赔钱？"

鸣知县笑道："不要紧，我这县衙里也要烧柴，你今后多挑几担柴卖给我不就成了？"

富豪这时虽感到有点尴尬，但却大模大样地坐在那里，他心想：你要代这乡下佬赔就代他赔，我倒不管你。

樵夫接过钱和字条，走到门边，鸣知县大声招呼：“你把字条看清楚了，不要跑错了地方。”

樵夫连忙打开字条一看，只见上面却写着四个大字：

“火速回家。”

樵夫喜出望外，将两百文铜钱往腰包里一塞，放开大步，出城而去。

富豪在知县办公室等了许久，不见樵夫来。直等到天黑还不见人，鸣知县派衙役到隆盛钱庄去问，回说樵夫没有去，想是早走了。

鸣知县叹了一口气，对富豪笑道：“这乡下佬倒敢这样狡猾，老先生请回，等我抓到后，一定重重办他。”

富豪无法，只得悻悻而去。

樵夫能摆脱纠缠，安全离去；富豪仗势欺人，却终未得逞，全在于鸣知县巧妙地运用了金蝉脱壳之计。

保皇党人计救约翰爵士

英国内战期间，一名叫约翰·特里瓦奈昂爵士的保皇党人，由于密谋叛乱而被革命党人逮捕起来，监禁在科尔切斯特城堡里，不久将以叛国罪处决他。约翰被严加看守，他的信件均须经密码破译人员仔细检查后方可转至一人手中。

有一天，外面寄来一封给约翰爵士的信，这是一封非常普通的信，并且经过破译员严格检查之后才交给了爵士。约翰爵士平静地看了信以后，便扔在一边，似乎并不特别看重这封信，但是到了夜里，他向看守人员提出要求去教堂做祷告。这个要求看来合情合理，因为教堂只有一道门，且窗户又窄又高，逃跑似乎是不可能的，所以，看守同意了他的要求，带他到了教堂，由他一人在祭坛前祈祷，看守员就在门外等候。过了一个钟头，约翰爵士还没出来，看守人员渐渐不耐烦起来，他们走进房内想催他快点出来，令他们大吃一惊的是，里面早已没了人影，约翰爵士已经溜之大吉了。

原来，那封看来普普通通的信实际上是用密码写成的，所用的系统无秘密可言。奥妙在于标点符号，它们的位置放得出奇。把每一个标点符号之后的第三个字母拼起来，就成这样一名话："教堂东侧的衬板已经松动。"约翰爵士就是根据信中暗藏的这句话寻机逃脱的。

金蝉脱壳是一种摆脱敌人、转移或者撤退的分身之术。这里的"脱"，不是惊慌失措，而是存其形，去其实，走而示之不走，稳住敌人，脱离险境。约翰爵士在同伴的帮助下，利用看守中想不到他会逃跑的心理，通过教堂秘密出口的掩护，脱困而去。这也是“金蝉脱壳”的一个例子。

塔尔曼智救黑奴

塔尔曼是美国南北战争以前废奴派领袖。她把许多黑奴偷偷领到北部使他们获得了自由。由于她这方面的功绩，人们称她为塔尔曼将军。

有一次，她把两名奴隶藏在两只箱内，赶着骡子离开了奴隶主庄园。一路上十分顺利，没有人来过问箱子里装的是什么。然而，快到自由州时，她发现她以前的主人正迎面走来，路只有一条，再往前走，死路一条；跑也来不及了，奴隶主肯定能追上她。在这种情况下，她急中生智，偷偷解开随身带的两只母鸡，接着就装作惊慌状跑下大道去追赶母鸡。那奴隶主只看到一个女黑奴在追母鸡，没在意她究竟是谁，因此也更不会注意骡子驮的箱子里装的是什么，这样，塔尔曼转危为安，而且将两个奴隶顺利地带到了自由州。

贝·布托免遭拘捕

1978年，巴基斯坦陆军参谋长齐亚·哈克发动军事政变，推翻了巴基斯坦布托政府，建立了军人政权。贝·布托在自己的父亲被处决后，并没有被反对派的势力所吓倒，她领导巴基斯坦人民党与对手进行了不屈不挠的斗争。

1986年8月14日是巴基斯坦独立纪念日。在贝·布托号召之下，巴基斯坦人民党和其他党派决定举行游行示威活动。那天，警察早有防备，街头巷尾，岗哨林立，但由于他们没有接到远在伊朗访问的齐亚的命令，因而又不敢私自对贝·布托实行“预防性”逮捕。当日下午1点，聚集在克里夫顿70号（布托住处）的数千名群众出发了。游行的队伍如潮水一般涌向了大街，冲破了警察的层层防线，开向了市中心。可就在这时，齐亚下达了命令：阻止游行队伍，逮捕贝·布托。接到命令，大批军警蜂拥而至。他们向人群中投放了大量催泪弹，引起游行队伍的混乱同时，他们准备包围贝·布托并逮捕她。愤怒的群众誓死掩护贝·布托撤退。他们挡住军警的包围，把贝·布托推上车子离开现场。警察见此情形，丝毫不肯放松。

他们驾车在后追赶。在这千钧一发时刻，如不及时采取措施，不仅贝·布托自己会被抓住，而且车上其他几位党的领导人也会受到连累。就在这时，贝·布托忽然看到路旁停着一辆黄色出租车。她心中一亮，立即想出了一个既能安全脱身，又能保住同伴的两全之计。她命令其他同伴仍旧坐在原来的车上，而她自己则迅速地上了那辆黄色的出租汽车。然后飞快地向前驶去。很快，她便把原来那辆车远远地抛在后边。一会儿，她来到了一个十字路口。果如贝·布托所料，前面已有大批军警守在那里。司机见此情形，慌慌张张地刹车，想掉头往回开。贝·布托却镇静地说："你就正常地往前开，要保持一定速度，警察不会注意一辆黄色的出租车!"汽车一步步接近警察，贝·布托努力使自己保持镇静，并拉下了遮在脸上的纱巾。汽车来到十字路口，警察见是辆很一般的出租车，就没有引起注意，放它过了哨卡，机警的贝·布托又一次在与对手的较量中取得了胜利。

贝·布托成功的原因在于她运用了"金蝉脱壳"之计，躲过了敌人的围追堵截。

第二十二计　关门捉贼

【原文】

小敌困之。剥，不利有攸往[①]。

【注释】

①剥，不利有攸往：语出《易·剥》卦：“彖曰：剥，剥也，柔变刚也。不利有攸往，小人长也。”剥，割裂、剥离。攸，所。这句话的意思是放走小股敌人，再去追击，对自己是不利的。

【译文】

与敌对阵，若对方弱小则包围、歼灭它；若对方面临垂死挣扎的局面，如果将其放走而又穷追猛打，那是十分不利的。

【按】捉贼而必关门者，非恐其逸[①]也，恐其逸而为他人所得也。且逸者不可复追，恐其诱也。贼者，奇兵[②]也、游兵[③]也，所以劳我者也。吴子曰："今使一死贼，伏于旷野，千人追之，莫不枭视狼顾[④]。何者？恐其暴起而害己也。是以一人投命，足惧千夫。"追贼者，贼有脱逃之机，势必死斗；若断其退路，则成擒矣。故小敌必困之；不能，则放之可也。

【注释】

①逸：逃脱、逃跑。

②奇兵：《百战奇法·奇战》："凡战，所谓奇战，攻其无备，出其不意也。"奇兵，泛指以特殊战法，执行机动战任务的部队，是与以常规战法作战的主力部队相对而言的。

③游兵：《草庐经略·游兵》："游兵者，谓其无定在也。必士果锐而骑超捷，将勇悍而善机变。时而东，复时而西；时而出，复时而入。敌怒而迎，我引而退；敌倦而息，我临而扰。击其左，击其右，击其前，复击其后，击其懈弛而无备，仓卒难救。"

④枭视狼顾：枭，猫头鹰。意思是像猫头鹰那样瞪圆眼睛注视猎物，像狼那样高度警惕瞻前顾后。

【译文】

捉贼时必须关闭大门，不仅怕他逃走，而且还怕他逃走后被别人利用。而贼一旦逃脱就不要再去追赶了，否则就可能中了他的诱兵之计。所谓的贼，是善于奇袭、神出鬼没的敌人，他们专门使我方疲于奔命，以便实现他们的企图。《吴子·励士》中说："现在让一个亡命之徒，隐藏到广阔的原野中，纵然派一千人去追捕他，也会视而不见，顾虑重重。这是为什么呢？就是怕他突然跳出来伤害自己。所以，只要有一个人不怕死，就可以使一千人恐惧。"追赶盗贼这件事，只要盗贼发现他有逃脱的机会，必然会拼死格斗；如果截断他的去路，盗贼就非被擒住不可了。所以，对付弱小的敌人，一定要包围、歼灭它。如果办不到，暂时放他逃走也未尝不可。

【计名探源】

关门捉贼是要对弱小的敌人围而歼之。如果敌人逃掉，再去追赶就对我方不利了，一怕他狗急跳墙，二怕中了他的诱兵之计。这里的"贼"是指那些善于偷袭的小部队，它们行动诡秘，出没不定，行踪难测，数量不多，破坏性大。常会乘我方不备，侵扰我军。所以不可让其逃跑，而要断其后路，聚而歼之。当然，若运用得好，不只限于"小贼"，甚至可围歼敌主力部队。

战国后期，秦国攻打赵国，秦军在长平受阻。长平守将是赵国名将廉颇，他见秦军势力强大，不能硬拼，便命令部队坚壁固守，不与秦军交战。两军相持四个多月，秦军仍拿不下长平。秦采纳范雎的意见，用离间法让赵王怀疑廉颇，赵王中计，调回廉颇，派赵括为将与秦交战，赵括主张与秦对面交战。秦将白起故意让赵括取得几次小胜利，赵括得意忘形，派人到秦营下战书。这正中白起下怀，他兵分几路，形成对赵括军的包围圈。第二天，赵括率四十万大军，与秦兵决战，几次交战，秦都输了，赵括根本不知敌人用的是诱敌之计，于是便率军追赶被打败了的秦军，一直追到秦营。秦军坚守不出，赵括只得退兵。这时突然得到消息，自己的后营被秦军占领，粮道被秦军截断。赵军已被秦军包围，一连四十六天，士兵杀人相食，赵括拼命突围，最后中箭身亡，赵军大乱。只会纸上谈兵的赵括中了敌人的“关门捉贼”之计，被打的落花流水，给赵国带来了重大的损失，逐渐走向灭亡。

【评语】

“关门捉贼”原意为盗贼进屋行窃时，关门将其捉住。与之语义相近的还有“关门打狗”。《兵法圆机·发》：“制人于危难，扼人于深绝，诱人于伏内。张机设井，必度其不可脱而后发。盖早发敌逸，犹迟发失时。故善兵者制人于无所逸。”此计用于军事上，是指对弱小的敌人要采取四面包围、聚而歼之的计谋。

古人认为，捉贼之所以必须关上门，不仅是为了防止他逃走，而且更是怕他逃走后反被别人利用。况且，对逃跑之敌不可再追击，这是为了防止中了它的诱兵之计。所谓贼，是指突然来犯、出没无常的敌人。它们的用意是使我方疲惫不堪，以便实现其阴谋。

【战例】

吕布殒命白门楼

东汉末年，群雄并起，互相攻战。在军阀混战之际，曹操崛起北方。公元 196 年（东汉建安元年），曹操把汉献帝迁到许昌，改元建安，造成了“挟天子以令诸侯”的有利局面。但此时曹操所据，不过山东西部、河南东部、安徽北部一小块地盘。北有袁绍，西有马腾、韩遂，南有刘表、袁术，东有吕布、刘备，可说是四面受敌。一天，曹操聚众谋士集议，是北上攻袁绍，还是南下讨吕布，究竟以何者为先？谋士郭嘉说：“绍兵虽众，并不足虑，徐州吕布，实心腹大患。今袁绍正北征公孙瓒，我当乘其远出，先取吕布。扫除东南，然后图绍，乃为上计。否则我方攻绍，布必乘虚来攻许都，为害不浅。”操然其言，遂决定东征吕布。谋士荀彧说：“徐州本刘备所有。吕布从其手中夺去，现刘备正屯兵小沛，可约刘备共击吕布。”曹操同意以上意见，立即发书与刘备，约他起兵，共讨吕布。刘备复信：“丞相兴大师，备当为前驱，今严兵整甲，专待钧命。”不料此信为吕布所得。于是吕布不等曹操兵到，抢先发兵攻打刘备。刘备不敌，只好投到曹操处暂住。说到此处，再说曹操大军东下，连取吕布萧关、沛城和徐州三城。吕布退至下邳。曹操得了徐州，心中大喜，商议发兵攻打下邳。谋士程昱说：“吕布现只有下邳一城，若逼之太急，必死战而投淮南袁术。吕布与袁术相合，其势难攻。”操曰：“请玄德率军守住下邳去淮南通道，切断吕布退路，也可防袁术北上救援吕布。”刘备说：“丞相将令，安敢有违？”次日，即带领关公、张飞引军守住淮南径路。

人道是马中赤兔，人中吕布。这吕布骁勇善战，使一柄方天画戟，天下无敌。可惜，这吕布不过匹夫之勇，乃有勇无谋之辈。在下邳，吕布自恃粮食充足，且有泗水之险，安心坐守，可保无虑，并未把争夺淮南径路，看在眼下，听任刘备把住淮南径路，犯了兵家大忌。

亏得吕布手下有两个谋士，名叫许汜、王楷。他们见吕布终日不出，只同严氏、貂蝉等妻妾饮酒解闷，不是办法。就入见吕布说：“今袁术在淮南，声势

下邳城曹操鏖兵

大振，将军旧时曾许诺将女儿嫁与其子，今何不仍求之？袁兵若至，内外夹攻，下邳之围可解，曹操也不难破。”吕布从其计谋，就派二人前去淮南。许汜说：“现淮南径路已被刘备切断，须得一军引路冲出方好。”于是吕布命大将张辽、郝萌两人引兵一千，送出隘口。是夜二更，张辽在前，郝萌在后，保住许汜、王楷杀出城去后，张辽带一半军回城。郝萌等到了袁术大营

安徽寿春城。

到了寿春，许汜、王楷拜见袁术，呈上吕布求援书信。袁术说："前者汝主杀我使者，赖了婚姻。若非曹兵困急，岂肯以女许我?"王楷说："明公如不相救，只恐唇亡齿寒，曹操若灭了我军，下一步恐怕就要轮到明公了!"袁术说："汝主反复无常，可先送女，然后发兵。"许汜、王楷无奈，只得拜辞，和郝萌同回。到得刘备寨边，许汜见防备甚严，对王、郝二人说："日间不好过，夜半吾二人先行，郝将军断后。"商量停当，夜过刘备寨，许、王二人先过去了。郝萌却未过去，被张飞捉住。郝萌所带五百人马亦尽被杀散，张飞押郝萌来见刘备。刘备又押往大寨去见曹操，郝萌备说去袁术处求救许婚之事。曹立命斩郝萌于军门，并传谕各寨，小心防守，如有走漏吕布及其军士者，依军法处置。自此曹军围城将领，俱各用心巡逻放哨，把个下邳城，包围得铁桶似的，再想走出下邳，简直比登天还难了。

却说许汜、王楷回见吕布，俱言袁术先欲得妇，然后起兵救援。吕布说："如何送去?"许汜说；"今郝萌被俘，操必预作准备，若非将军亲自护送，谁能突出重围?"吕布长叹一声，只得允准。第二日夜间，天交二鼓，吕布将女以绵缠身，用甲包裹，负于背上，提戟上马，打开城门，吕布当先出城，大将张辽、高顺率军随后，将士到刘备寨前，只听一声鼓响，关、张二人拦住去路。大叫："吕布休走！"吕布无心恋战，只顾夺路而行，哪知前面又有刘备亲自率军杀来。吕布虽勇，终是缚着一女在身上，无法冲出。正在此时，只听鼓声大作，又有曹操大将许褚、徐晃从后面杀来，众军皆大叫："不要走了吕布！"吕布见四面八方皆是曹军，料突不出，只好退回城内。

至此，下邳已成一座孤城。一切通向外面的通道，皆被截断。唯吕布骁勇，城内防守又严，围城两个月，下邳仍未攻下。操于此时，有退兵之意。乃聚众将说："下邳久围不克，吾欲舍布还都，暂且息战如何？"谋士荀攸急制止说："不可，万万不可！吕布屡败，困守孤城，外无援兵，内有隐忧，作速攻之，吕布可擒！"郭嘉说："某有一计，下邳城可立破！"荀彧或说："莫非决沂、泗之水，以淹下邳吗？"郭嘉笑道："正是此意！"曹操大喜，即下令军士决两河之水，曹军皆居高原，看水淹下邳。下邳一城，只剩得东门无水，其余各门，俱被水淹。

尽管此时吕布已陷绝境。但如强攻，或需时日，或增加将士伤亡。当曹操从投降之吕布军士口中，知吕布军心不稳时，乃立即写了几十份招降文书，用箭射进城去，以政治攻势，配合军事进攻。文书中说："大将军曹，特奉明诏，征伐吕布。如有抗拒大军者，破城之日，满门诛戮。有能擒吕布来献者，重加官赏。为此榜谕，各宜知悉。"

次日，曹军四面攻城，杀声震天，喊声动地。吕布大惊，提戟上城，各门点视。从平明直打到日中，曹军稍退。吕布在白门楼稍作休息，不觉睡着在椅上。部下将领魏续、宋宪赶退左右，先拿走吕布的画戟，然后把他紧紧缚住在椅子上。吕布从睡梦中惊醒，急唤左右，却被二人杀散。魏续登上城楼大叫："吕布已被活捉。"宋宪即下城打开城门，曹军一拥而入。吕布手下将领张辽、高顺及谋士陈宫等人，全被生擒，无一逃脱。曹操遂下令将吕布处死，将张辽等一班降将，加以封赏，带着刘备等人，班师回朝。

对曹操来说，吕布当时可称"小敌"。但尽管四面围困，并水淹下邳，尚费时数月。可见关门捉贼，并非易事。如两方兵力大体相当，运用关门捉贼的谋略，将敌人包围歼灭，就更加困难了。但是，我国古代不少大军事家，却能将关门捉贼的谋略，运用得出神入化，善于利用敌人的弱点，制造圈套，使敌人上当受骗，钻进口袋，然后扎住口袋，将敌全歼。战国时秦武安君白起，就是这样一个大军事家。他指挥秦军在长平一战中，全歼赵军四十万，就是在大兵团作战中，运用关门捉贼的战略，创造了大歼灭战的光辉范例。

诸葛亮关门捉司马懿

在三国时代有个足智多谋的诸葛亮，他六出祁山，与司马懿对阵于渭水之上，经过几次交锋，互有胜负，战争处在胶着状态。

司马懿的一贯战略思想是守，他深知蜀军劳师远征，补给线太长，利在速战速决，所以便深沟高垒，以劳敌师。

诸葛亮经过几次后勤不继的教训，这次便有所防备。他创制木牛流马，克服运输不便之苦，又施行屯田政策，令军士就地种粮作为久住之计。

司马懿得报大惊曰："我所以坚守不出，就因彼粮不继，欲待其自毙，今用此法，显示为长久之计，不想退走了。"乃派兵拾得几部木牛流马来研究，亦仿制一批作为军运。因未洞悉此木牛流马之奥妙及使用方法，连吃了几次亏，反被劫去不少粮草，于是干脆就挂起免战牌，任蜀军如何辱骂挑战，闭门不出。

诸葛亮见司马懿不肯出战，乃定计于葫芦谷顶搭草房，埋伏地雷及引火之物。复化整为零，令军士四散屯田，引诱魏兵。司马懿连续捕获一批蜀兵，得知诸葛亮不驻在祁山而在葫芦谷扎寨安住。司马懿见有机可乘，便发兵去劫营。

困司马汉将奇谋

其实诸葛亮是驻在祁山的，远见魏军行动，料定其必来攻祁山，司马懿本人则亲攻葫芦谷，便教魏延如此如此。

果然，魏军攻祁山是声东击西，司马懿和二子司马师、司马昭并中军护卫人马，去杀奔葫芦谷来。碰上魏延，杀一阵，魏延拨马便走，懿从后追上，如此且战且走，直把司马懿引入葫芦谷，他使人探知谷并无伏兵，山上尽是粮房，懿不疑，遂大驱军士尽入谷中。

可是魏延不见，粮房上布满了干柴，心知中计，欲下令退兵，但说时迟那时快，忽地一声喊叫，山上一齐丢下火把，烧断谷口，引起地雷齐响，草房着火，黑烟冲天。司马懿惊得手足无措，下马抱住二子大哭曰：“我父子三人皆死于此地了。”

正在等死的时候，忽然下起一场滂沱大雨，狂风大作，谷中之火尽皆灭，司马懿以手拍额说：“此天公未亡我，不乘机逃出，更等何时?”乃引军冲出葫芦谷，得庆生还。

历经这一场灾难，司马懿怎么也不敢出兵迎战了。

诸葛亮此“请君入瓮”，做得相当高明，只可惜“谋事在人，成事在天”，瓮子穿了底，致被乘隙逃脱。

黄巢关门捉贼

唐朝后期，政治愈加腐败，人民苦不堪言，只有反抗才能生存，当时，农民起义纷起，而黄巢义军则是其中实力较强的一支。

黄巢最初几年曾在山东、河南、安徽、湖北一带流动作战，杀贪官以平民愤；打富济贫，灭权贵以图平均。黄巢后来率众南下杭州（今浙江杭州市）、越州（治所在今浙江绍兴）、衢州（治所在今浙江衢县）、建州（治所在今福建瓯）、福州（治所在今福建福州市），一直打到广州。黄巢本欲在广州建立政权，但所率农民多是北方壮士，不服水土，多数染病，于是又率众北上，由广州进入湖南，再进入湖北。当时唐朝宰相王铎被僖宗抢先派到江陵（今湖北江陵），以堵黄巢义军北上，但王铎虽受命而来，却坐镇江陵，闻黄巢以50万部众长驱直入，各州守官，望风而逃，王铎也就吓破了胆。黄巢知道王铎是朝廷派来江陵堵截的，就直向江陵找王铎，准备大打一仗，那知到了江陵，王铎已逃得不见影了。黄巢又折回下江州（治所在今江西九江）、信州（治所在今江西上饶）、池州（治所在今安徽贵池），由采石过长江，攻进泗州（治所在今江苏泗洪东南），直驱洛阳。由洛阳过潼关取长安。

黄巢义军纪律严明，深得群众的拥护，义军所向披靡，势如破竹，穿州过县，犹入无人之境。

当黄巢攻下东都洛阳时，唐僖宗就作好了逃跑的准备。黄巢过了潼关，僖宗就带着太监田令考，连宰相、大臣都瞒着，悄悄的溜出长安向兴元（治所在今陕西汉中市东）逃跑。那天等到日中大臣们上朝，还不见僖宗出来接受朝拜，便着急起来，最后才知道僖宗已经跑了。唐王朝的大臣们也逃的逃，藏的藏，使黄巢不费吹灰之力，于唐僖宗广明元年（公元880

年），在京城人民的夹道欢迎中从春明门进入了长安城。

黄巢的义军进入长安后，立即将皇室大臣的财物分送给京城中的穷苦百姓，并由大将尚让安抚群众说："黄巢起兵，本为百姓，不像李氏王朝虐待你们，不管人民的死活。现在义军作主，你们只管安居乐业，不要害怕。"

黄巢入京以后，开始时没有进住皇宫，只令人保护内城，自己住到太监田令考的住宅里。并且申明军纪，约束士卒，颇得京城人民拥护。但不多几日，黄巢就在一些人的逢迎劝说下，挈眷入宫，做了大齐皇帝，改元金统。拜尚让等人为相。此时，黄巢由于大享宫廷快乐，完全忘记了唐僖宗还存在，唐的旧臣势力还存在，没有及时追击僖宗，僖宗得以从容逃脱。僖宗逃到成都，召集旧臣商量反扑。他们训练士卒，补充武器，调集军队，积极准备反攻。又千方百计暗中收买黄巢手下的将领与唐朝降将，唆使他们叛离。派使臣请沙陀（西突厥别部）李克用部增援，共同对付起义军。这一切，黄巢未予充分重视。唐僖宗中和元年，即黄巢大齐金统二年（公元 881 年）5 月，唐军的军事部署已经完成，形成了对长安义军的包围圈。

这时，黄巢派尚让进袭凤翔（今陕西风翔），唐将郑畋事先伏兵要隘，自带诱兵，出阵高冈，尚让以为郑畋不懂军事，就挥众杀过来，那知刚到龙尾陂，唐朝伏兵突然杀出，将义军截击成数段。尚让一看上当，就只好退军，但已损失过半。

凤翔一战，唐军得胜，就使唐军急欲夺功，于是尾追尚让而来。尚让回军入长安，禀报黄巢凤翔失败经过，说唐军已齐集于长安城下，形势已很危急。黄巢与诸将分析了唐军的阵容之后，即定下了以退为进，“关门捉贼”的策略。黄巢突然于5月初六向东退出长安，露宿于坝上。唐军程宗楚、唐弘夫、王处存等率军杀进城去。入城的官军，看到城内早已没有一个义军了，就松弛下来，大肆抢劫财物、强奸妇女，尽情享乐，把个长安城闹得乌烟瘴气。当天半夜，义军迅速回师，衔枚急走，直趋长安城，义军在孟楷率领下，人人争先、奋勇冲杀，而官军士卒，金银财物满袋，包袱沉重，那里顾得上打仗，所以义军到处，只杀得唐军尸横遍地。都统程宗楚等人，半夜突闻黄巢义军进城，慌乱之中不分东西南北，无法召集指挥士卒，只得单枪匹马，与义军部众鏖战，最后力不能支，被义军杀死，长安城又回到黄巢义军手中。可见，义军拥有的不仅是仇恨和反抗，同样掌握高深的战略战术，是一支军事上成熟的部队。黄巢用“关门捉贼”之计，重新占据长安。

梁红玉大败金兀术

宋朝皇帝徽宗和钦宗被金兀术俘获，解往金国，宋高宗南渡，建都临安。金兀术乘机挥军过江，要一举而把宋朝灭掉。他发动几十万雄师，兵分两路，一路进攻江东地区（即徐州一带），兀术则率军向江西地区进发。

兀术军渡过长江，势如破竹，陷临安，破明州，却捉不到高宗，高宗此时已逃往临海之温州了。兀术以战线拉得太长，恐怕深入重地，被宋军拦腰截击，便迂道回军北返，十万大军逼近常州镇江一带，准备渡江。

当时镇守东线的是宋将韩世忠，他早就料到金兀术会走这条路的，已布置好攻守计划，准备来一次拦江截击。虽然他手下只有八千精兵，但部署周密，沿江封锁，插翅难渡。

金兀术先发动攻势，同时向金山和焦山突袭，结果两路都损兵折将。此时军中粮草将尽，江北的军队又无法南渡接应，只好来一次正面战斗，强渡长江。

战斗于凌晨开始，韩世忠夫人梁红玉负责江面指挥，她高高站在楼船顶上，亲自擂鼓，敌向东则向东指，敌西则向西指，三面夹攻，杀得金兀术上天无路，入地无门，渡江番兵，溺死的、杀伤的不计其数。只可退回南岸，逐渐向西移动，想绕过镇江，在西面再强渡。可是韩世忠却沿岸追击，监视金兀术的行动，一直把金兵逼进黄天荡。

引军入瓮

公元 1409 年，明成祖朱棣委任丘福为征虏大将军，以王聪、火真为左右副将，以王忠、李远为左右参将，发兵十万，出塞征讨逃居塞北的元主本雅失里。大军出发前，朱棣深怕丘福轻敌冒进，招致失败，特意告诫说："用兵作战，千万要谨慎。部队到达开平（府名，今内蒙古自治区多伦地区）以北，即使见不到敌人也要格外留意，以防不测。与敌人作战更要依据情况相机用兵，不可固执一端。如一战不利，可寻机再战，切记不要冒险行动。"丘福叩头礼拜，只说了句"谨遵圣谕"，便想辞行告退。朱棣感觉到他不大在意的情绪，又叮咛说："历史上只凭着血气之勇，疏忽大意，招致失败的事例很多。你这次领兵远征，切不可贸然行动，一定要牢记在心"。丘福虽然口里连连称是，心里却认为朱棣对元朝的败残兵马看得过重，有些多余，仍怀着满不在乎的心情，踏上了征途。

明军一路畅行无阻，很快便顺利地进到塞北。行军的顺利，使丘福愈加轻敌，他竟将大军甩在后面，仅带领一千轻骑疾速前进。到达胪朐河（今克鲁伦河）南岸，与蒙古的前哨部队相遇。丘福出兵迎战，打退了敌骑，乘胜渡过了胪朐河。在继续追击中，俘虏了敌人的一名尚书，使他十分高兴。为了庆贺胜利，丘福开怀畅饮，把那个尚书押到席前，声色俱厉地问道：“本雅失里逃到哪里去了，快快如实讲来！”尚书战战兢兢地答道：“他听说大军前来征讨，就吓得慌忙

吴国太佛寺看新郎

向北逃窜，估计现在不过走出三十里的路程，按常规正在埋锅造饭，在下情愿当向导，带大军前往追击。”丘福正在兴头上，一听敌人逃走不远，立即喝令：“赶快上马随我前去捉拿这个狂贼！”将领们见主将轻率行动，很不放心，连忙劝阻，说：“将军不可操之过急，待大军到达之后再纵兵追赶不迟。”丘福哪里肯听，令俘虏的尚书在前领路，纵马扬鞭，向北疾驰而去。

丘福领着一千人马迫近敌营，蒙军只用少量人马抵挡了一阵，便佯败撤退。丘福乘胜追击，蒙军边打边退，连续两天。参将李远看出了门道，向丘福建议，说：“将军轻信间谍的谎话，孤军深入，现在已经陷入进退两难的地步，继续前进正合敌意，向后撤退敌人也会乘势追击，惟一的办法是就地坚守。为了迷惑敌人，白天可令部队大张旌旗，擂鼓呐喊；晚上可使人手执火炬，发炮助威，以张声势，使他不知虚实，不敢轻举妄动，借以迁延时日，等我大军到达，再合力进攻，方可扭转形势。即使不能取胜，也可保障全师回朝。”丘福一心想乘胜追击，吃掉敌人，对陷入进退两难的说法，已很不高兴，及至听到不能取胜也可全师回朝的话，不由得火冒三丈，怒气冲冲地申斥说：“身为大将，理当准备马革裹尸而还，岂能不讲歼敌制胜，先想班师回朝?！这种懦夫的腔调，居然出自我明朝的将领之口，真令人感到羞愧！”李远连忙转变语气，说：“将军不必动怒，我只是想提醒将军，不要忘记圣上的谆谆告诫。至于如何对敌，我李远一切听从您的将令。”副将王聪等人趁机劝解说：“希望将军谨遵圣谕，切勿疏忽大意。”丘福正在气头上，越听越恼，声色俱厉地说：“你等依令行事，违令者斩首勿论！”说罢便一马当先，向敌军追去。将士见主将催马向前，只得紧紧跟着追击。

众将跟着丘福追赶了一段路后，突然看到敌军勒转马头，回军迎战。这时丘福才发现形势有变，急忙下令停止追击。可是，蒙军已从四面八方围了上来。副将王聪奋勇冲杀，战死在乱军之中。丘福率领众将突围，死战不能得脱，全部丧入敌手。后军赶来，见前军覆没，失去指挥，便人心慌乱，东逃西散，十万大军覆没于塞外草原。曾经披坚执锐，屡建奇功的丘福，因不听明成祖的“御嘱”，轻敌受骗，中了对方诱敌深入之计，结果落了个兵败身亡的下场。

开门揖盗

公元 1854 年，年仅 23 岁的太平天国翼王石达开为西征主帅，驻节安庆，主持长江一带军政。是年 8

月，曾国藩统率湘军水陆两师全部，由湖南直扑武汉，太平军守将石凤魁、陈玉成、黄再兴等，因众寡不敌，且战且退至安徽。曾国藩此次武汉大捷，收复湖北，是湘军出兵以来之最大胜利，声势大振，乃挟战胜余威，挥军东征，直指南京，以九江为第一目标，兵分三路，夹江东向。

曾国藩因军情紧急，久不能下，就舍坚攻瑕，分军遣胡林翼等率水师进攻湖口，企图占领鄱阳湖作大包抄。石达开洞悉其谋，急中生智，将计就计，来个"开门揖盗"，诱敌深入，待其水师一百多艘兵船冲入鄱阳湖后，即命罗大纲猛力反扑，迅速又把湖口封锁，设卡筑垒，断其出路，因此水师便被斩为两段，湖南被困之水师已成瓮中之鳖。当晚，石达开复以轻捷快船突击湖口舟师，焚其兵船四十余艘，余船急遁向上游，退回九江。此时曾国藩辛苦经营视为王牌的水师已损失大半，溃不成军，九江之围亦转危为安。

过了几天，石达开又出奇谋，命罗大纲由湖口出发，会同守九江之林启荣，于三更时分，两路夹攻，以快船乘月黑雾迷，突击湘军水师，火弹喷筒齐发，立焚兵船百余，连曾国藩之主力座船亦被俘虏，幸他于事急时驾小船逃往陆上之罗泽南兵营，才幸免于难。天明，曾国藩眼见破船浮尸惨状、羞愤至极便纵身跳湖自杀，幸左右军士及时扯住辫子，拖回船上，吐了几口浊水，才救醒过来。

此大捷，不仅解了九江之围，潜伏在安徽之陈玉成军，在秦日纲指挥下，乘机发动攻势，进军湖北，不到两个月又克复了武汉三镇。

石达开以“开门揖盗”与“关门捉贼”计，扭转局势，反败为胜，战绩之辉煌，可媲美三国时的赤壁之战。但后来，他也中了骆秉章的“开、关”计，在成都壮烈牺牲。

公元 1856 年，清朝发生内讧，杨秀清、韦昌辉、秦日纲、胡以晃等王，全在你杀我、我杀你中牺牲了，石达开回京主持大政，却遭天王洪秀全疑忌，洪仁发、洪仁达的挟制倾轧，被逼而出京避祸，率本部将士六、七万人（后增至廿多万），转战十四省（江苏、安徽、江西、浙江、福建、广西、湖南、四川、云南、陕西、甘肃），长征五万余里，历时七载，最终目标欲占领四川为反清新基地。

师抵湖北，从利川直闯四川，陷石柱，围涪陵。四川总督骆秉章早有准备，集中四川、贵州、云南三省兵力，凭险固守，顽强抵抗，涪陵卒不能下，乃解围沿江西进，因缺乏船筏，始终无法渡过长江。经过十多次激烈战斗及兵力分散，到达云南昭通县时，大军只剩下三万人了。石达开挥军渡金沙江，直趋西昌，企图越过大渡河进攻成都。骆秉章预得情报，急调大军扼守大渡河各渡口，扎断大道关隘，藉此逼令翼军避开正路转走夷地小径。石达开就利用土人（彝族）为向导，爬山越岭而抵达大渡河南岸的安顺场，才知道上了当，被诱进包围圈，中了敌人的“开门揖盗”之计，乃将向导杀了，令士兵伐木削竹赶造船筏，强渡大渡河；又遇大雨滂沱，雨水与上游雪山的融雪奔流汹涌，大小河流洪水陡涨丈多高。强渡的船筏，不是冲毁就是被对岸敌人炮火击沉，死者溺者无数。加以粮草早罄，军士宰马而食，继之则食树叶，全军已陷于必灭必死之绝境。

至此，石达开决定投河殉国。先令王娘五人抱二幼子投水死，属员亦有多人共溺。他忽然想起尚有追随之忠勇健儿七千多人，何忍其尽遭屠戮？乃甘愿献身，牺牲自己，为全部军士赎命。即致书总兵唐友耕，具述其意，其书曰：

“达开顿首再拜，泽坡军门仁兄同志大人阁下：窃思求荣而事二主，忠臣不为，舍命以安三军，义士必作。缘达生逢季世，身仕清朝，忝非谄士，不善媚君，因被馋而出朝，以致东奔西逐，欲建功于当世，不惮旰食宵衣。无如命薄时乖，故尔事拂人意。矢忠贞以报国，功竟难成。待平定而归林，愿终莫遂。转觉驰驱天下，徒然劳及军民，且叹战斗场中，每致殃连鸡犬。带甲经年，人无宁岁，运筹终日，心少闲时。天耶人耶？劳终无益，时乎运乎？穷竟不通。阅历十余年，已觉备尝艰苦，统兵数百万，徒为奔走焦劳。每思匿迹山林，遂我素志，韬光泉石，卸其仔肩。无如骑虎难下，事不如心，岂知逐鹿空劳，天弗从愿。达思天既如此，人将奈何？大丈夫生不能开疆报国，惜爱一生？死若可安将全军，何惜一死？逖闻阁下，仁德普天，信义遍地，爰修斯书。特此奉闻。阁下如能依书附奏，请王宏施大度，胞与为怀，格外原情，宥我将士，请免诛戮，禁无欺凌，按官授职，量材擢用，愿为民者，散为民；愿为军者，聚为军。推恩以待，布德而绥，则达一人可以自刎，三军悉以安全。达舍生果得出全吾军，捐躯稍可仰对我主，虽斧钺之交加，死为不辱，任身首之分裂，义亦无伤。惟是阁下为清大臣，当得巨任。志果推诚纳众，心实以信服人，不设诈虞，能依请约。窃冀风翰先覆，并望台驾近临，以便调停，庶免耽阻。否则阁下迟行有待，我军久驻无粮。昔三千之师，犹足攻城掠地，况数万之众岂能束手望天乎？特此寄书，伫候希鉴。”

此书用箭射过大渡河北岸唐友耕营，多日不得回音，石达开再不等待，即带着幼子石定忠，宰辅曾仕和，大中丞黄再兴、恩丞相韦普成四人，亲至洗马姑参将杨应刚营献死。

杨应刚即款待五人在营，旋分发路票，遣散余部之老弱及新兵四千余人，独留其冲锋悍卒二千余人集中于大树堡一寺庙内，候令处置。过几天，杨应刚亲送石达开五人到唐友耕处，转解往成都。

在石达开起解后，唐友耕即派营兵包围大树堡寺庙，夜间火烧庙宇，尽将那二千余悍兵烧死或杀死，复遣兵追杀被遣返之士兵于途中，石军至此全军覆灭。

石达开被解至成都，经骆秉章亲讯，旋奉廷谕：石达开、曾仕和、黄再兴、韦普成等四人，在成都凌迟处死，其子石定忠，年仅五岁，例应免刑，俟及时照例办理。在石临刑时，神色怡然，坚强之气，溢于颜面。而辞气不亢不卑，不作摇尾乞怜之语。享年仅33岁。十载兵戎，遂告结束，一代豪杰饮恨千秋。

三河之战

三河（安徽巢湖西部重镇）之战，是太平天国时期太平军和清朝湘军之间进行的一次战争。

1851年1月11日，洪秀全在广西金田村举行起义，建立太平军，开始了太平天国农民革命战争。太平军于1853年建都天京（今南京），随后北伐西征，控制了西自武汉、东到镇江的长江沿线，在天京以西的湖北、江西、安徽3省居于优势。1856年发生天京事变，使太平天国受到严重损失，太平军从战略进攻开始转为战略防御，天京以西战局逐渐出现不利太平军的局势。到1858年8月，湖北、江西先后沦入敌手，成为湘军的进攻基地。

这时，清朝钦差大臣和春、德兴阿统率的江南、江北大营再次进逼天京。1858年6、7月间，太平军的将领们在安庆东北的枞阳镇召开会议，作出新的军事部署，决定由前军主将陈玉成、后军主将李秀成联合作战，共同解救天京之围。在陈玉成统帅下，已进入鄂豫边境的太平军回兵东征，重新占领了庐州（今合肥）和其他一些城镇，与李秀成会师于滁州乌衣。8月，他们乘胜直下浦口，袭破清军的江北大营，前锋一直东进到苏北的扬州。

与此同时，江西的湘军以淮南的太平军主力东进苏北，乘机攻进安徽。湘军主帅曾国藩秉承咸丰帝的旨意，派骁将李续宾率精锐北援庐州，进攻太湖。太湖的太平军守军，在城外挖濠筑垒，铸炮聚粮，布置严密。

9月5日，清军以一部牵制守军，主力分5路攻城。太平军冲出城垒与敌激战。9月7日、8日，太平军将士又多次冲出城外，攻击清军，双方互有杀伤。清军势大，先后攻毁了太平军在枫香铺、小池驿、东山头南首的营垒。

9月21日，清军副都统多隆阿等将大炮密运山头，轰击东山南面；参将谢承祜等由西北面攻城，李续焘等分攻东岸下垒。太平军专防前面，不料敌军由山后抄袭，下垒遂被攻陷。东岸浮桥守军亦败，东山头第1大垒又被清副将鲍超攻陷。接着清军进攻第2、3垒，并分段攻城。城中火药局被火箭击中，敌军从西北两面登城，太平军从东南两面突围而出，退守石牌镇及潜山县，太湖县城遂陷。

9月27日，李续宾派副将赵克彰等进至潜山县北门外的彰法山驻营。太平军结队出战，由于寡不敌众，败退回城，城外七垒被敌攻陷。清军逼攻县城，遂登数次，都被太平军将士以炮石击退。但城外营垒被毁，守城相当困难。当夜4更，太平军由东门退出，潜山又告陷落。10月1日，上下石牌诸垒也都被清军攻陷。

潜山西北120里的桐城县是通向皖北的枢纽，最为要害。太平军由1853年克复后，据守迄今。该城高而坚，北门跨山，太平军于山上筑垒 2 座，东北一带筑大垒 3 座、小垒 4 座，西南一带筑垒 4 座，以护城池。清军先锋赵克彰等至五里墩，桐城太平军分 5 路出击，激战不胜，退回城中，西南 4 垒遂被攻破。

次日，太平军从西门出攻，另派一军由东北隐蔽出击，从山后绕抄。恰值李续宾率大队清军到来，太平军措手不及，败退回城固守。李续宾率各军逼城就营，督军攻破了东面两大垒。垒仅 1 门，太平军战士誓死不退，全部战死垒中。小垒守军被迫出走，伤亡很大，第 3 大垒又很快陷落。清军围攻北门山上大垒，发炮命中起火，守军顽强抗击，多被焚死，两垒又失。

李续宾乘夜命各部环攻四门。三更时，清军乘隙遂登。太平军与敌接战不利，开东门冲出，被清军伏兵截击，前后受敌，损失严重。10 月 13 日，桐城陷于敌手。

李续宾攻占桐城后，率马步 14 营于 10 月 21 日进扑舒城。太平军在距城 30 里处跨山修垒，派千余人屯守。次日，清军分路包围袭击，守军众寡不敌，被迫撤走。10 月 23 日，李续宾率部在舒城外西南扎营，太平军出城冲击一阵后退回。

舒城太平军于城西北筑有大垒两座，高抵城垣。24 日，李续宾派李续焘等往攻，鏖战 4 时，1 垒突然

三十六计之关门捉贼

中炮起火，守军被迫撤退。清军续攻第 2 垒。城中守军打开西门，准备冲击增援，但被大部清军阻击。垒中守军放弃阵地，进入城中。是夜 4 更，太平军从东门撤出，转移到三河镇。李续宾接连获胜，气焰嚣张，倾全力扑向三河镇，意在攻打庐州。

月余之间，太平军连失 4 城，安庆也受到攻击，安徽形势十分危急。10 月，陈玉成得悉此情，立即统率苏北的太平军主力迅速西援，并联络李秀成等军共同破敌。

三河镇在庐州府南 80 里，为水陆要冲。太平天国在此筑大城一座，环以 9 垒，凭河设险，屯储粮草军火，接济天京、庐州。

李续宾军于11月3日到达三河。李续宾认为，要想破城，必须先破城外的9个营垒。其部署是：丁锐义、彭祥瑞等率所部攻击河南大街、老鼠夹一带的营垒；副将黄胜日、杨得武等部攻东北迎水庵、水晶庵一带的营垒；总兵李续焘、李运络部攻击西南储家越一带的营垒。11月7日，清军分路进犯，守军迎头痛击，毙敌千余人。清军付出重大代价后，攻陷9垒。

这时，陈玉成统率大军赶到，从庐江县西20里的白石山、三河镇南30里的金牛镇，连营数10里，包抄李续宾军的后路。为了达到全歼敌军的战役目标，陈玉成传令庐州守将吴如孝出师南下，阻断舒、桐之敌的西援通道，从而形成对敌军四面包围的态势。清军闻讯大惊，李续宾急忙派人去九江、桐城调集援军，但远水不解近渴，难济燃眉之急。

11月14日，陈玉成统率大军向前冲击压迫清军。是夜，李续宾被迫整队，向南迎战。15日晨5鼓，李军出动，黎明时到达樊家渡、王家祠堂等处，与太平军接战。双方交战之初，陈玉成军前队稍有失利。忽然，大雾迷漫，咫尺莫辨。关键一刻，李秀成率所部及时赶到，使太平军实力大增，陈军将士精神振奋，勇气百倍。两军合兵一处，奋战猛击，重创敌军。清军左路游击李运络营坚持不住，先自溃逃。紧接着，运同丁锐义、参将张嵩龄、都司张养吾等营相继溃败。太平军又击败清军中路和右路各营。

这时，李续宾军率后备兵力来援，双方展开了一场恶战。激战中，三河守将吴定规率师杀出，包抄李续宾军的背后。李续宾大败，狼狈逃回营中，闭垒不出，传令诸将死守营垒，不许后退。

陈玉成、李秀成等率军将清军团团围住，集中兵力，先弱后强、先外后里地猛攻敌垒。太平军战士前仆后继，英勇拼杀，连续攻破清军 7 座营垒，敌总兵李续焘、副将彭祥瑞又带兵溃逃。太平军占据敌垒后，挖断河堤放水，断绝敌人退路。

李续宾命令各部到月夜时分路突围逃生。清军匆忙整理装束，准备逃跑。届时，李续宾犹豫不决，又想死守待援，但军心已动，兵无斗志，部队一片混乱。太平军乘机四面围攻，猛力格杀，乃获大胜，李续宾被迫自缢而死，曾国藩弟曾国华等被斩杀。

这时，敌将孙守信、丁锐义、李存汉退守最后营垒，负隅顽抗。太平军紧紧围困，环攻 3 日，至 11 月 18 日夜破之，斩杀孙守信、丁锐义等，仅李存汉等少数人逃走。至此敌军全部被击溃，太平军歼敌数千人。李续宾部陆军是湘军中一支最凶悍的部队，它的覆灭，对敌方是一个沉重的打击。

三河大捷后，太平军很快收复舒、桐、潜、太 4 县，进攻安庆之敌也不战自退。1860 年，太平军又集中优势兵力粉碎了清军江南大营，使太平天国的革命形势趋向好转。

三河之战是太平军进行的一次典型歼灭战。太平军在作战指导上的优越表现在：一、指挥员知己知彼，集中优势兵力打击敌人，确保战役目的实现。二、战术灵活，部署周密，实现了正面攻击、侧后包抄和阻援部队的互相配合，协同作战。三、坚持连续作战，不使残敌有喘息之机。

张学良围歼石友三

1931 年 7 月 19 日，国民党北路集团军司令官张学良在蒋介石的配合下，运用示弱诱敌的谋略，在河北保定南面的方顺桥一带围歼石友三，使石友三的数万人几乎全军覆没。

当时，石友三是张学良麾下第 13 路军总指挥，拥有 5、6 万人马，在冀南 20 余县整训。石友三是中国近代史上以反复无常而闻名的“丑角”。他虽利用东北同乡关系投靠了张学良，但并不与张一条心。6 月前后，石曾与日军特务机关及张学良堂弟张学成秘密勾结，计划夺取天津打出关外。6 月上旬，石探知张学良病重，决心对张的东北军作战，活埋张学良所派的秘书长张云责。张学良对石友三的背叛活动早有所察，于 5 月前后陆续从东北抽调 5 个旅入关，与关内的部队共同组编为于学忠、王树常两个集团军，分别部署于平汉、津浦两铁路线。当时张学良判断，石友三欲北进必先取北平，故将其最精锐的 5、6 万兵力，于保定西南面的方顺桥一带布置成一个大口袋，然后派白凤翔的骑兵旅“钓鱼”，将石友三的主力引入口袋后，一举歼灭之。

张学良调度停当后，白凤翔骑兵旅即按既定方针，在前锋与石友三接触。7 月 19 日，石除留 1 个旅防守顺德后方大营外，其余主力均出动向东北军发动进攻。前锋为孙光前的第 1 师和程希贤的教导师。他们没有识破张学良的诱兵之计，追赶白凤翔骑兵旅时进入“口袋”。石部发动进攻三昼夜，未能突破包围圈。石便派沈克的第 3 师从完县出发。企图迂回东北军侧后偷袭。但沈克乘机脱离石友三投入东北军。石友三无计可施，不料雪上加霜，蒋介石也下令讨伐石友三，派刘峙率三个军团北上，一举歼灭石在顺德的部队，夺取其后方基地。石自知情况不妙，于 31 日下令南撤，企图渡过滹沱河，投靠山东的韩复榘。但因滹沱河洪水暴涨，石部行动迟缓，贻误战机。而张学良的王树常集团军则乘机在南岸布置好阻击兵力，石友三部一进入包围圈，即被打乱，大部缴械投降，两个师长被俘。石友三仅带着3、4千人逃到山东韩复榘处。

保南一战，张学良巧用谋略，使石友三的5、6万兵力丧失殆尽，最后只身逃到天津日本租界，与日本特务勾结，企图东山再起。

罗曼一世的开门揖盗之计

开门揖盗是拜占庭皇帝罗曼一世的御敌妙计。基辅大公伊戈尔（公元912～945年在位）继承前大公奥列格的外交政策，力图把古罗斯国家的势力扩展到黑海沿岸和多瑙河、伏尔加河流域。但是，遭到强大的拜占庭帝国的抵制，一直没有机会着手。公元941年，当基辅大公得知拜占庭帝国将舰队和陆军的主力调去与阿拉伯人作战时，便乘机亲率远征军（约4万人，舰船1千艘）从海上直插帝城君士坦丁堡，企图夺取帝城，控制黑海沿岸。此时，拜占庭帝国皇帝罗曼一世已得知伊戈尔的远征计划（由保加利亚国王彼得透露的），他分析，敌人是乘机而来，意在攻城夺池，必认为我没有强兵，我应将计就计，先将敌人诱入，再关门打狗。

他的作战计划是：在敌登陆处不摆一兵一卒，放敌上岸，城防部队坚守城池，把数量上多于敌人的步兵埋伏在帝城周围，当敌围城而攻时，步兵突起对敌实施反包围；与此同时，海军从海上用“希腊火”（舰船上装有用石油、硝石、硫磺及各种树脂制成的混合液体，注进吸管，喷射时见水即燃，能在水面上燃烧。）袭击敌运兵船，断敌退路，一举全歼。

公元941年6月，基辅大公的部队在博斯普鲁斯海峡沿岸登陆，并占领了附近地区，随后转入攻城。可当他们攻到城下时，遭到城上守军和埋伏在附近的步兵的前后夹击，并被包围。伊戈尔大公一看中计，遂率军死命向海岸边突围。当罗斯军丢盔弃甲地逃到海边时，又被眼前的景象惊呆了，他们从未见过“希腊火”，眼看着拜占庭舰船喷出大火，燃烧着他们的舰队。这时逃跑已无望，便回头与追来的拜军再战，但已溃不成军，损失惨重。结果，部队几乎被全歼，舰船大部被烧，只有伊戈尔带着幸存的少量船只冲出重围，在刻赤海峡上岸，从陆路逃回基辅。

此战使罗斯军队遭到重创，粉碎了基辅大公向黑海沿岸扩张的企图。公元944年，拜占庭帝国与古罗斯国签订了和约。

李舜臣诱敌入瓮振雄威

李舜臣是朝鲜著名的民族英雄，抗倭名将，杰出的军事谋略家。历任权管、郡守、左议政，赐号“宣武功臣”。在壬辰卫国战争中，先后任全罗左道和三道水军统度使。他运用出色的军事战略，指挥朝鲜海军多次击败入侵的日本海军，取得了一系列海上作战的胜利，为整个卫国战争的最后胜利做出了重大贡献。1598 年 11 月，在著名的露梁海战中，与中国水军总兵陈椭共同指挥中朝联合舰队，大败倭军。李舜臣在海战中壮烈牺牲。著有《李忠武功全集》。

李舜臣的用兵特点是：善于利用有利地形，诱敌深入，打击敌人。下面这则海战故事就很清楚的说明了这一点。

从 1591 年起，日本就积极准备发起侵朝战争。李舜臣在国家危难之际，出任全罗左道水军节度使这一海军要职。他一到职，竭尽全力加强海军建设，做好反侵略战争的各项准备。其中最有贡献的一件事就是改造“龟船”。改造后的“龟船”，长约 40 米，宽约 4 米，船身及上面的“龟壳”用硬木制作，包上铁板，板上装有密集的钉子，敌人的炮火不易伤害它，在接弦战时，敌人也无法攀登。船头有个大龙口，在行进中，龙口喷射浓烟，可隐蔽自己，迷惑敌人。船头和四周都设有炮眼、枪眼，士兵在船内就可以向敌人发射火力。船的两侧还设计有十面船桨，战斗时一齐划动，船行飞快，进退自如。加大后的船体，可多存淡水和粮食，适合长时间、远距离航行。经过李舜臣改造后的“龟船”在后来的对日战争中发挥了重大的作用。比如在1592年5月底至6月上旬的唐浦战役中，李舜臣指挥“龟船”充当先锋，冲入敌阵，左冲右撞，往来穿梭，同时发射各种火炮，将敌舰撞破或击沉。他还令“龟船”冲向敌旗舰并将其撞破。由于李舜臣拥有改造后的先进船只“龟船”，加上他善于运用灵活多变的战术，使自恃强大的日本侵略者在海上累战累败，连主力也被歼。

为了挽回败局，日本侵略者施反间计，使昏庸腐朽的朝鲜国王罢免了李舜臣的三道水军统制使职务。李舜臣苦心经营的朝鲜水军在1597年7月的作战中几乎全军覆没，朝鲜水军的大本营闲山岛被日本人占领。日水军在朝鲜海面又恢复了毫无顾忌的自由往来，日陆军再次向朝鲜腹地推进。

此时，朝鲜舆论一致要求李舜臣复出。朝鲜当局迫于国内舆论的强大压力，重新任命李舜臣为三道水军统制使，委以挽救国家危亡的重任。但同时，朝鲜当局认为，朝鲜水军已垮，靠水军难以御敌，令李舜臣率军登陆作战。

临危受命，再次复出的李舜臣以军事谋略家的眼光，洞察形势，认为水军绝不可废。但他上任时，手下只有12艘劫后仅存的战船和在他复职的路上跟来的120多名官兵。而他的对手是拥有600多艘战船和数万名水兵的日军舰队。

曹操大宴铜雀台

李舜臣并不气馁。他就以这12只战船和120名官兵为基础，首先补充了一部分兵员，加紧训练。其次，重新选择新的水军基地。面对敌众我寡、敌强我弱的形势，李舜臣感到，要想以少胜多，以弱胜强，必须出奇制胜，必须把敌人引诱到有利于我军作战的地形与水域中来，才能展开战斗，以我之长，击敌之短。于是，李舜臣指挥朝鲜水军击退前来偷袭的八艘敌舰后，便主动把统制使的大本营移到金罗道的右水营隐蔽起来。

对这一带的地形，李舜臣是了如指掌的。右水营的前海有狭长的鸣梁海峡和险要的珍岛碧波亭。碧波亭在珍岛的东北方，地势非常险要，前有甘釜岛阻挡，港内可隐蔽数十艘战船；碧波亭西北边的鸣梁海峡，长两公里多，最宽处有四五百米，狭长处只有300米，每天海潮涨落四次。涨潮时，海水由东向西流向海峡；落潮时，海水由西向东急速退向海面。因退潮时发出巨大的声音，所以得名鸣梁海峡。这里历来是海战的重要地区。

李舜臣认为这里是杀敌的好战场，决定利用这险要地形，把日军引诱进来加以歼灭。为了阻挡敌船撤退，李舜臣还派人在鸣梁海峡东西两个出口处，暗设铁索和木桩，目的是要让涨潮时驶入的敌舰，退潮时不能驶出，给朝鲜水军提供一个瓮中捉鳖的场所和机会。

此时，日本水军在消灭了朝鲜水军的主力以后，骄傲自大，到处追歼零散的朝鲜水军和战船，企图在朝鲜水军重建之前将其全部歼灭，以解除日本大军进一步入侵朝鲜的后顾之忧，牢牢控制制海权，实现丰臣秀吉“水陆并进”的计划。

9 月 16 日，日军派出 330 多艘战船和 2 万多名水兵，借着涨潮的时机由东向西进攻驻在鸣梁海峡的朝鲜水军。日军傲气十足，根本没有把朝鲜的“残存水军”放在眼里。

在敌我双方兵力十分悬殊的情况下，个别朝鲜水军的指挥官临阵畏惧，不敢应战。李舜臣却胸有成竹，沉着指挥。他首先命令部下将众多的难民船和老百姓的渔船伪装成战船，排列在朝鲜水军的战船之后，以壮军威；同时又组织了陆战队，隐蔽在海峡两侧，准备随时消灭登陆的敌人。他说：兵法上讲“必死则生，必生则死”，我们只有拼死杀敌，勇往直前，不存在生还的心理，才有可能得胜。全军将士如有畏缩不前的，一律军法惩处。

一切布置停当后，李舜臣亲自率领朝鲜水军战船 12 艘出战，将大批敌船引诱进海峡的最险要处鸣梁口（兀突峡）。日军乘着满潮，大批战船涌进鸣梁口。他们看见朝鲜水军的战船很少，便把朝鲜战船团团围住轮番攻击。当他们发现了李舜臣的指挥船时，便不顾一切地扑上前来。面对敌人的攻势，李舜臣下令指挥船抛锚停船，以示寸土不让的决心。他的这一行为，鼓舞了部下将士英勇战斗。将士们见主帅如此舍生忘死，都拼死向敌船冲去。经过浴血奋战，击沉了包括日军指挥船在内的三艘日军战船，杀死了日军指挥官马多时。日军在失去主将和指挥后，一片混乱，他们远望，又发现朝鲜战船的后面还排列着数不清的大小“战船”，对朝鲜水军的实力顿生疑窦，并产生了恐惧感。他们不敢恋战，企图回窜。

这时恰好退潮，海水急速逆流向东。这正是朝鲜船队等待歼敌的最好时机。李舜臣命令指挥船起锚，立即指挥战船顺着潮水大举反攻。日军抵挡不住，迅速撤退，争先恐后，企图驶出海峡。

退潮水浅，李舜臣事先派人暗设在峡口海面的铁索和木桩等发挥了重要作用，挡住了日军船只的退路。这一突如其来的情况，使日军战船更加恐慌，互相拥挤，互相冲撞，乱成一团，无法形成战斗力。朝鲜水军在李舜臣的指挥下，抓住有利时机，向日本战船发起了猛烈的攻击。不用多时，就击沉日军战船 30 余艘，击毙日军 4000 多名，取得了著名的鸣梁大捷，再次粉碎了日军“水陆并进”入侵朝鲜的作战计划，有力地鼓舞了朝鲜水军的士气。

李舜臣又抓住这一有利时机，大力扩充水军，加紧制造武器和建造战船，重振了朝鲜水军的雄威。

兵书《百战奇略》上讲："用少者务隘"。这就是说敌众我寡时，如在隘路中作战，敌兵虽多却施展不开，我兵虽少却能灵活机动，就一定能够取胜。李舜臣鸣梁大捷，以少胜多，重振朝鲜水军雄威的事例，又一次证明了"用少者务隘"的道理。

拿破仑奇兵胜敌

拿破仑身为大将，在战争中屡用奇谋。有一条妙计他曾用过二十余次，奇怪的是他竟能连连得手。这一计就是"抄后路"——绕到敌人背后行动。简单说来就是派较少部队，在正面吸引敌人的注意，同时调动大军，利用天然地形的隐蔽和骑兵的屏护，向敌军侧后移动。然后从敌后发起突击，切断敌人的运输线和退路，争取全歼敌军。这种打法也被人称为"优势战略"，因为采用这种打法必须具有优势兵力，而且要有自由机动的余地。

在 1800 年的马伦戈战役、1805 年的乌尔姆战役、1806 年的耶拿与奥尔施泰特战役、1807 年的弗里德兰战役和 1809 年的瓦格拉姆战役中，拿破仑都曾用此计取得战略性胜利。但是最能显示拿破仑的"抄后路"

战法特点的，还是1806年对普鲁士军队的战斗。仅用8天，法军就全歼普鲁士军，接着普鲁士国亡。

战役于1806年10月6日开始。

当时，拿破仑的18万大军在巴伐利亚北部的维尔茨堡，集中在一个长150公里、宽120公里的地区内，而普鲁士军及其萨克逊盟军共有9万人，驻在图林根一带，尚未集结完毕，另有4万人驻在东北方向的萨克森，其背后是大批俄军，但相距甚远。普鲁士人估计拿破仑会从其驻地维尔茨堡出发，直接扑向他们。不料拿破仑却把部队分成三个集群，4万人在左翼，5万人在右翼，7万人担任中军，中军担任前卫和预备队。拿破仑命令三路人马沿三条平行路线在骑兵后面向东北方进军；进军途中要利用图林根森林作为“屏蔽”，隐蔽行动。沿途始终未曾遭遇敌军。直到10月10日，才在扎尔费尔德同普鲁士皇太子路易·费迪南德率领的一师普军相遇，普军被歼，皇太子本人毙命。

这一仗像是一记重棒，敲醒了普鲁士人，这才弄清法军的机动方向。原来拿破仑是想插在图林根和萨克森之间，隔断两股普军。普军赶紧改变作战方向，调整军队部署。可是为时已晚。拿破仑的部队已经由南向北、转向西进，切断了两股普军的联系。10月13日，法军名将让·拉纳率前卫在耶拿同普军主力相遇，两军展开激战。拉纳派人报告拿破仑。当时拿破仑率领主力在后面跟进，相距约有一日的路程。次日拿破仑的主力赶到，在耶拿和奥尔施泰特地区同时围歼普军，大获全胜。

“抄后路”的战法是拿破仑发明，曾被拿破仑多次使用，后来，又被他国的将领所用，一般也都取得较好战果。在西班牙，威灵顿公爵曾于1813年使用此计获胜。在美国内战期间，北军将领约瑟夫·胡夫曾于1863年在钱塞勒维尔之役中使用此计战败南军名将罗伯特·李；后来罗伯特·李又在同一战役中使用此计扭转败局。

但从长远发展的角度看，了解各国消费者的不同爱好与习惯，摸清各国对产品品质的要求，力争适销对路，则既可使我国产品顺利进入国际市场，又能避免减少不必要的纠纷。这也是在用此计之后应当予以总结的。

新娘捉贼

“文革”中的上海，有一天，一位结婚仅几天的新娘子，从厂里下班回来，已是深夜12点钟，宿舍大楼已寂无人声，人们都已安睡了。

柴桑口卧龙吊丧

新娘子悄悄上楼进门，打开电灯。新郎劳累了一天后早已睡熟。她推了推新郎，新郎动也没动，几天来家里家外给他忙坏了。新娘走到大衣柜前，脱下大衣，顺势照了照镜子。

镜子一照，她差点喊出声来，在镜子中，她看见了床底下有四只脚！

夜深人静，竟有两个贼躲在床底下，这还得了！她回想前天下午在电车上，有一个小偷掏一位老大娘的钱包，被她当场抓获。她注意到小偷被抓走时向她投来的那仇恨的一眼。小偷不会判刑，会不会是他前来报复？现在夜深人静，新郎睡熟，邻居也都入了梦乡，我一个女人怎能对付得了两个人？深更半夜又到哪里去找帮手？

好一位机智灵活的新娘子，脑子一转，立刻想出了一条妙计。

新娘子不动声色，款款地走到五斗柜边，拿起五斗柜上的热水瓶，想倒杯开水喝，谁知瓶内一滴水也没有。新娘子“砰”地一声，将杯往地上一摔，就哭了起来，边哭边骂：

“我上夜班回家，想喝一滴水都没有，今后的日子怎么过？你结婚前那些甜言蜜语都到哪里去了？”

新郎从梦中惊醒，丈二和尚摸不着头脑，要喝开水，外间有的是呀。这五斗柜上的花壳水瓶不过是当装饰品用的，什么时候装过开水呀？新娘子是中了什么邪了，三更半夜寻事吵？她到底是怎么啦？

新郎下床劝慰，新娘越吵越厉害，捶胸顿足，拍桌子打板凳，吵着要离婚。这一来，把左邻右舍，楼上楼下的人们都吵醒了，一个个披衣起床，前来劝架，人们挤满了一屋子。

新郎心里好火啊！无事找事，吵成这样子，深更半夜吵得四邻不安，你、你这是何苦！

新娘见来了这么多人，立刻破涕为笑：“我不过是开个玩笑。”

开玩笑？这下子不但新郎更恼火，连劝架的邻居也火了。深更半夜把这栋大楼的人都吵醒起床，世上有这样开玩笑的吗？邻居正要骂她，她却伸手朝床底下一指：“都是为了这四只脚！”

众人朝床下一看，这才发现那里确实有四只脚！新郎一跃上前，抓住一只脚就往外拖。众人七手八脚将四只脚倒拖出床底。新娘一看，果然是电车上的小偷和他的同伙。由于新娘子这出戏演得太像，小偷才没有逃掉。

冯玉祥借花献佛

冯玉祥督军驻守常德的第二年夏天，常德地区连降暴雨三十三天，积水成灾，灾民们携老扶幼，蚁群般地拥进了常德城内，全城到处是灾民，拥挤不堪。冯玉祥见了心忧如焚，他除下令常德县政府在四城门搭起粥棚，赈济灾民之外还发布告示，敦促城内商界义捐献款，赈济灾民。但是，常德这个商业繁华之所，虽商贾甚多，响应募捐号召者却寥寥无几。

这天上午，城内所有富商都接到县政府的通知，请他们去设在府坪的献金台前，说冯玉祥本人要当众解囊募捐。

献金台设在古城中心的府坪广场，献金台下，早已挤满了观看冯玉祥献金的人们，凡是接到了县政府通告的商界显要，都被请到了摆在台下的几排长椅上就座。人们看到，在高高的献金台的正中，摆了一张八仙桌，桌子四周全用红布围得严严实实。身着戎装、穿戴整齐的冯玉祥，正躬腰坐在八仙桌后面，两手伸在八仙桌的空档里面，不知在忙着什么。

这时正当大伏天中午，太阳如火，火辣辣地晒在人们的头顶上。坐在前排椅子上的商人们个个被晒得头昏眼花，口干舌燥，饥肠辘辘。可是，既没人给他们送水喝，更没人给他们送饭吃；身后看热闹的人又挤得水泄不通；人群外面，还有不少荷枪实弹的卫兵在维持秩序，富商们想走也不敢走了。抬头看看台上的冯玉祥，也是汗流浃背，还在全神贯注地躬腰忙碌着，连头也不肯抬一下。富商们不敢吱声，不敢动弹，只得耐着饥渴和燥热，在毒日的曝晒下煎熬着。

又过了一时辰，眼看日头都偏西了，富商被烈日烤得几乎只有出气没有进气了。这时，才见冯玉祥两臂一伸，终于站起身来。人们精神一振，满场目光齐刷刷地投向了献金台上。但见冯玉祥又弯下腰去，像渔人拉网那样从八仙桌下拉一长串金晃晃的东西来，他把这串东西背在背上，迈着大步，从台上走下来。

人们这才看清，背在冯玉祥身后的一长串东西，竟是一双双用稻草编制的草鞋。

冯玉祥走到台下，将草鞋一双双分给了坐在前排椅子上的富商们。然后，他又返身上台，站在八仙桌后，拉开了嗓门说道："抱歉了，为等我编制这些草鞋，让诸位久等了。眼下，四乡灾民们正处在水深火热之中，他们受着无衣无食无宿的煎熬，这滋味诸位是可想而知了。可我冯玉祥只身从戎，本来就是穷光蛋，带兵后也决无私蓄，只好赶紧打下这批草鞋，卖给诸位富商，以便借花献佛，捐赠给灾民们。这稻草本是寸金，按市价一两金子百两银，我就老实不客气地按照草鞋的份量为鞋价，来向诸位收银子了。恕我不恭，为了赈济灾民，各位富商也一定慨然解囊相助。"

冯玉祥话音刚落，早有人提着一杆钩秤，将冯玉祥送到富商们手中的草鞋一一称了斤两。富商们瞠目结舌，暗暗叫苦，只得按照一两金子百两银的价格，回去取来银子去县政府交割。

事后，常德城内没有被派买草鞋的一般商家们，担心冯玉祥再度摊派到他们的头上，便都主动献金，资助灾民重建家园。果然，冯玉祥献金一举一两天内便给灾民们募捐万金，使灾民们在水退后，得到了以县政府名义赈济的钱财，都欢欢喜喜地回乡去重建家园。后来，有支民谣歌唱道：

踏破“金”鞋有觅处，得来全不费功夫。

樱花胶卷公司的竞争战略

日本的业余摄影的彩色胶卷市场目前被三家公司所控制。其中两家是日本公司，占主导地位的富士公司和樱花公司。在过去 15 年内，富士胶卷的市场份额在逐步被他的两个竞争对手夺去。检查结果表明，问题不在于产品的质量，而是樱花胶卷公司在产品的商标上用了不合适的名词。在日文里樱花使人引起色彩柔和、轮廓模糊、带有粉红色的联想。相反，富士牌胶卷的名称自然使人联想起日本圣山上明朗的蓝天和白雪。樱花牌的严重失利在于它不幸的形象，尽管该公司通过广告为消除这种不利局面做出了很大努力，但结果还是无济于事。

最后，樱花胶卷公司开始从结构、经济性和顾客的观点出发，分析是否可能找到开发竞争优势的机会。他们真的发现了一条线索。

樱花公司发现，购买胶卷的顾客的成本意识在增长。冲洗胶卷的工艺人员反映，业余摄影者一般在使用36张的胶卷时，总是剩下1～2张未曝光的，但同时却总是在使用20张的胶卷时尽力想多拍几张。樱花公司的机会就在这里。公司决定生产24张一卷的胶卷，其价格与竞争对手的20张一卷的价格相同。这种产品所增加的成本是很低的，但一旦他的主要竞争对手跟着他的路子走，就会面临不可忽视的惩罚。如果竞争对手降低20张一卷的价格，樱花公司就将迎战。樱花公司这样做的目标是两方面的：第一，它将促进使用者的成本意识增强；第二，也是更重要的一点，它将促使人们把注意力从他们所不可能取胜的牌子形象方面转向经济方面，这是他们具有相对优势的地方。

准确的市场定位，便是樱花胶卷公司“关门捉贼”术的商业实用。

汽车战——信息战

自本世纪50年代以来，如果说日本对美国展开的是一场惊心动魄的汽车战，倒不如说是一场斗智斗勇的信息战更为确切。

美国素有“汽车王国”之称，是世界上第一辆“汽油马车”的诞生地。也正因为此，美国人特别偏爱汽车。战后美国的汽车工业发展更加迅速，进入50年

耒阳县凤雏理事

代，已成为世界第一汽车生产大国和第一汽车消费大国。而在第二次世界大战结束后，日本的汽车工业基本上已被摧毁。50 年代初期，残存的丰田、日产、富士等几家汽车公司，只能靠修理美国的大批破烂车过活。正是在这个期间，他们通过修车掌握了美国汽车工业的技术信息资料，于 50 年代后期，向美国汽车市场发起了进攻。

丰田汽车工业公司，在这场汽车战中充当了开路先锋。1957 年，这个公司便率先将第一辆“丰田宝贝儿”打入了美国汽车市场。但却因质量、外型等存在严重缺陷而遭冷遇。初战失利，他们没有因此而泄气。一方面通过政府信息机构，不断收集美国汽车制造工业的技术信息；另一方面派出大量调查组，广泛收集与美国汽车销售市场相关的信息，终于发现美国人对汽车的偏爱正在由“大”变“小”。过去美国人以为乘座大型豪华汽车，才能显示出身份的高贵。但是随着美国汽车与日俱增，城市交通流量不断增大，道路显得狭窄拥挤，大型汽车转弯、行驶、停放越来越不方便。同时，油价不断上涨，人们感到使用大型汽车耗油多不合算。因此，他们的偏爱转向了小型汽车。据此，丰田汽车公司推出了价廉、耐用、耗油少、维修方便、容易驾驶、乘座舒适的轻型小轿车，深受美国消费者的欢迎。产品一经面市，便很快打开销路，使他们终于在美国汽车销售市场上占据了一席之地。

随后，日产、日野等汽车工业公司，也都先后推出了各种类型的小轿车，并陆续打入美国汽车销售市场。到1989年，日本小汽车在美国汽车销售市场的占有率已高达30%。至此，实现了日本人梦寐以求的“车到山前必有路，有路必有日本车”的夙愿。

吉鸿昌“借”款

北伐战争结束后，冯玉祥和蒋介石于1929年打起内战来。冯玉祥将西北军主力全摆在中原战区，造成后方空虚，蒋介石趁机围攻银川。冯玉祥即派智勇双全的十九师师长吉鸿昌火速赶回西北，接任十一师师长之职，并自筹军饷，就地作战。

吉鸿昌带领两名随从，来到银川。上任十一师师长后倒吸了一口凉气，因为士兵个个面黄肌瘦，枪支破旧。经调查方知，原来军队给养困难，军饷无着。更严重的情况是军需官竟私下把成批弹药偷卖给叛军。他还得到确实的情报，又有一批军火刚被偷运到城外，军需官又得到一笔巨款。

军需官被召到司令部。吉鸿昌热情接待，亲切地说道：“老弟，听说你为部队给养操心受累不少。我先给你透个好消息，我来时，冯老总给我拨十万军饷，估计十来天就能到。只是强敌压境，远水解不了近渴。你在银川多年，认识不少头面人物，我想让你出面，找他们暂借一万两万供急用，饷银一到，立即归还，并付二分利钱，你看如何？”军需官心里一愣：果真如此吗？莫非他……不过，师长的态度十分诚恳，况且目前局势如此。想到这里，军需官心中不禁一乐：正好让我刚到手的这军火费下个小崽。于是满口答应，立即“借款”去了。他刚走，吉鸿昌调集一连人马，暗中出城，追劫军火。

第二天，全师官兵集合。不一会儿，军需官兴冲冲地来到师长面前，把两万银元送到台上：“报告师座，银元借到！”“好！”话音刚落：“报告师座，被盗卖的军火如数追回，军需官监守自盗，证据确凿！”全场官兵惊得目瞪口呆，军需官顿时软瘫于台上。吉鸿昌威严地说：“兄弟们，这个内奸，竟把我们的军火偷卖给敌人，反过来打我们！拉下去，立即枪毙！”一声枪响，全场欢呼。吉鸿昌当即下令分发银元和弹药，并吩咐连队改善伙食，养精蓄锐，准备战斗。

吉鸿昌足智多谋，引诱为非作歹之徒入罗网，见利忘义者果然鬼迷心窍，见财眼开，自愿献出赃款以图大欲，最终只落得人亡财空的应得下场。根据他人的需要、欲望来相应行事，就能达到尽快了解对方、控制对方的效果。吉鸿昌既严惩贪财之徒，又解燃眉之急，可谓一箭双雕。

第二十三计　远交近攻

【原文】

形禁势格[①]，利从近取，害以远隔。上火下泽[②]。

【注释】

①形禁势格：亦作形格势禁，语出《史记·孙子吴起列传》。意思是：为地理条件和形势所限制和制约。

②上火下泽：语出《易·睽》卦："象曰：上火下泽，睽。君子以同而异。"意思是火往上升，水往下淌，互相背离；因其相反，故能相成。

【译文】

在战斗中，若地理形势不同时可审时度势，攻取附近的敌方，就有利；攻击远处的敌人，就有害。火苗向上冒，池水向下淌，同是敌方，对策可以不同。

【按】混战之局，纵横捭阖[1]之中，各自取利。远不可攻，而可以利相结；近者交之，反使变生肘腋[2]。范雎[3]之谋，为地理之定则，其理甚明。

【注释】

①纵横捭阖：纵横：指“合纵”与“连横”。战国时，齐、楚、燕、赵、韩、魏联合抗秦，称为合纵；秦国联合六国中某几个国家进攻其他国家，称为连横。捭阖：开合、向背。原指战国的策士游说诸侯时的政治主张和策略。后用以表示在政治上、外交上施展策略，运用分化和联合的手段。

②变生肘腋：变，事变、变故。肘腋，肘膊肘和胳肢窝，指事变发生在身边。

③范雎：战国时魏人，字叔。曾随魏中大夫须贾出使齐国。须贾怀疑范雎私通齐国，报告给魏相魏齐，使雎受到严刑拷问，被打折腰骨，打掉牙齿，最后靠装死逃出魏国。入秦，改名张禄，游说秦昭王，得到信任。他所提出的远交近攻之策，后成为秦吞灭六国的基本国策。公元前二百六十六年，被任为相国，封于应，号应侯。

【译文】

在攻战中，双方用尽各种谋略，为打败对方而努力。远处的不要去进攻，而可以用些利益和他结交；邻近的如果去结交，反而使变乱发生在身边。战国时，范雎的谋略，就是把地理相处远近，作为结交或攻击的准则，它的道理是很明显的。

【计名探源】

远交近攻，语出《战国策·秦策》。范雎曰："王不如远交而近攻，得寸，则王之寸；得尺，则王之尺也。"远交近攻，是分化瓦解敌方联盟，各个击破，结交远离自己的国家而先攻打邻国的战略性谋略。当实现军事目标的企图受到地理条件的限制难以达到时，应先攻取就近的敌人，而不能越过近敌去攻打远离自己的敌人。为防止敌方结盟，要千方百计分化敌人，各个击破。消灭了近敌之后，"远交"的国家又成为攻击对象了。"远交"的目的，实际是为了避免树敌过多而采用的外交诱骗。

战国末期，七雄争霸。秦国经商鞅变法之后，势力发展最快。秦昭王开始图谋吞并六国，独霸中原。公元前 270 年，秦昭王准备兴兵伐齐，范雎献上该策，阻止攻齐："齐势力强大，离秦远，攻齐，要经韩、魏，军队少了，难以取胜，多了，打胜了也无法占有齐地，不如先攻打邻近的韩、魏，然后再逐步推进。"

为防止齐与韩、魏结盟，秦昭王派使者与齐结盟。其后四十余年，秦始皇继续使用“远交近攻”之策，远交齐楚，首先攻下韩、魏，然后又从两翼进兵，攻破赵、燕，统一北方；攻破楚国，平定南方；最后把齐也收拾了。秦始皇征战十年，终于实现了统一中国的愿望。可以说，在秦始皇统一中国的过程中，“远交近攻”的谋略发挥了重要作用。

【评语】

“远交近攻”本来是战国时秦国采用的一种外交政策，秦国用它实现了并吞六国、建立统一王朝的目的。《战国策·秦策》：“王不如远交而近攻，得寸，则王之寸；得尺，则王之尺也。”《读史方舆纪要》卷一：“秦用范雎远交近攻之策，先灭韩、次灭赵、次灭魏、次灭楚、次灭燕、并灭代，乃灭齐。”后来也指待人处世的一种手段。此计用于军事上是指用以分化瓦解敌方联盟，各个击破，结交远离自己的国家而先攻打邻国的计谋。

古人认为，在纷乱攻战的局势中，任何一方，都会不择手段谋取自身利益。因而，对远方之敌不可攻取，而可以给些好处，与其结成互利的外交关系。然而，对邻近的敌对之国，万不可随意结交，不然，反倒会遭受致命的危害。

【战例】

郑宋争霸战争

春秋初期，周天子的地位实际上已经架空，群雄并起，逐鹿中原。郑庄公在此混乱局势下，巧妙地运用“远交近攻”策略，取得当时称霸的地位。

当时，郑国的近邻宋国、卫国与郑国积怨很深，矛盾十分尖锐，郑国时刻都有被两国夹击的危险。

于是，郑国在外交上采取主动，接连与较远的郏、鲁等国结盟，不久又与更远的实力强大的齐国签订盟约。

公元前 719 年，宋、卫联合陈、蔡两国共同攻打郑国，鲁国也派兵助战，将郑都东门围困了 5 天 5 夜。虽未攻下，但郑国已感到木国与鲁国的关系存在问题，便千方百计想与鲁国重新修好，共同对付宋、卫。

公元前 717 年，郑国以帮郏国雪耻为名，攻打宋国。同时，向鲁国积极发动外交功势，主动派使臣到鲁国，商议把郑国在鲁国境内的访枋交归鲁国。果然，鲁国与郑国重修旧谊。齐国当时出面调停郑国和宋国的关系，郑庄公又表示尊重齐国的意见，暂时与宋国修好。齐国因此也对郑国加深了“感情”。

公元前714年，郑庄公以宋国不朝拜周天子为由，代周天子发令攻打宋国，郑、齐、鲁3国大军很快地攻占了宋国大片土地。宋、卫军队避开联军锋芒，乘虚攻入郑国。郑庄公把占领宋国的土地全部送与齐、鲁两国，迅速回兵，大败宋、卫大军。郑国乘胜追击，击败宋国，卫国被迫求和。这样，郑庄公大为扩张，霸主地位便形成了。

巫臣联吴制楚

“联吴制楚”是春秋时期楚国亡臣申公巫臣为晋景公提出的复兴霸业的谋略。

春秋时期，晋楚长期争霸。公元前632年，晋楚城濮（今山东鄄城临濮集）之战，晋文公完成“取威定霸”的业绩，使楚北上再次受阻。公元前597年晋楚郄（今河南荥阳东北）之战，楚庄王饮马黄河，雄视北方，使晋国的霸业中衰。此后，秦楚联合对晋，齐鲁附楚，晋以今山西南部及河南陕西之一部地域，处于四面受敌的不利形势之下。晋景公即位后，立志复兴霸业，改变与楚争霸的不利态势。他首先采取软硬兼施，一打一拉的手法，争取与齐国建立了联盟，摆脱了四面受敌之困境。但是，秦、楚联合，楚无后顾之忧，晋从正面进攻，仍不易制服楚国。

公元前589年，齐晋鞍之战的时候，楚国大夫巫臣因为娶夏姬之故，投奔晋国，晋景公任命他为邢（今河北邢台市西南）大夫。楚人尽灭巫臣的族人。巫臣大怒，于是他于公元前584年向晋景公献“联吴制楚”的谋略。晋景公采纳了巫臣之谋，并采取了一系列谋略行动：他重新调整了自己的战略重点，以中原先进的装备和技术重点扶持吴国的发展；他派巫臣父子随带兵车及步卒作示范队，出使吴国，教吴人射箭、驭马、车战、步战之法；集中力量慑服中原楚的属国，削弱楚的力量。

上述谋略行动，使远在东南的吴国日渐兴起，在楚国的翼侧不断进犯，使楚陷于两面作战，疲于奔命的不利境地。从而为晋国战胜强楚，复兴霸业奠定了基础。

“联吴制楚”之谋的成功运用，使得楚国一蹶不振，并开启了吴越争霸的序幕，这对春秋晋楚长期争霸形势的转变起了关键性的作用。

烛之武退秦师

公元前630年，郑国遭到其左右两个大国秦国和晋国的联合进攻，秦、晋两国的军队很快就近逼郑国国都城下。

眼看郑国危在旦夕，郑国君主文公连夜召集文武百官商量对策。最后决定派富有外交斗争经验、善于辞令的大臣烛之武前去说服秦国退兵。

当时秦军驻扎在城东，晋军驻扎在城西，两军合兵攻城却各不相照。烛之武乘黑夜缒下城墙，直奔秦营门前放声大哭。

秦穆公叫手下人把烛之武叫了进来，问："你到我们军营里来哭什么呢？"

烛之武说："老臣哭郑也哭秦呀！"

"你这是什么意思？"秦穆公奇怪地问。

烛之武说："我们郑国的国土和贵国并不相连。我们在东，你们在西，中间隔着晋国。郑国灭亡了，我们的疆土只能被晋占去。你们秦国很难跳过晋国来占领郑国的土地。秦晋两国本来力量相当，势均力敌，如果晋国得到郑国土地后，实力就会比以前更大，而贵国的势力也将相应地减弱。你现在帮助晋国强大起来，这真是养虎遗患，将来你们秦国一定会反受其害的。再说，晋国历来言而无信，这几年，他们天天扩军备战，其野心不会有满足的时候。它今天灭了郑国，很难保它明天就不向西边的秦国扩张。你如果肯解除对郑国的包围，我们郑国将与秦国结好，今后贵国使者经过郑国的时候，我们一定尽主人之道，好好招待贵宾。这对你们没有什么不利啊！”

烛之武一席话，讲得入情入理，利害分明，使秦穆公意识到灭郑于己无益。于是，秦穆公答应立即撤兵，并且和郑国订立了盟约。秦军悄悄班师回国，还留下杞子等三位将军，带领两千秦兵帮助郑国守城。

晋文公见穆公不告而别，非常气愤，无奈于孤掌难鸣，也只好偃旗息鼓，撤军回国了。

秦王离间拆盟

天下各国的反秦情绪异常激烈，谋士们一起聚集在赵国，商议结成反秦同盟。秦王为此非常忧虑。这时，相国应侯对秦王献策说：“大王，请不要担心。”他这样说道：“王见大王之狗，卧者卧，起者起，行者行，止者止，毋相与斗者；投之一骨，轻起相牙者，何则？有争意也。”意思是，请看看大王的狗，它们各

秦穆公济河焚舟

自自在地躺的躺着，走的走着，并不相互打斗。但扔一把骨头给它试试，它们立即会跳起来，开始相互嘶咬了。秦王同意了相国的建议，派遣臣下带上五千金来到赵国。的确，三千金还没散发出去，谋士们就开始分裂了。使之争斗的不只限于物质方面的东西，也有心理方面的因素。在地理位置上，赵国位于秦国与燕国中间，秦国隔着赵国同燕国接近，使赵国深感不安。秦国派谋臣向赵国提议：“如果贵国割让五城给我们，我们秦国将断绝与燕国的友好关系，与贵国一同进攻燕国。”赵国立即同意此项提议，决定一起进攻燕国，把战果分与秦国。激发赵国与燕国敌对的有两个原因，即对秦国与燕国接近的嫉妒心和可能被秦国与燕国夹击的恐惧心。嫉妒心和恐惧心比物质欲望更能使人采取行动。可以利用这一点煽动其分裂。从反面说，如果忘掉大局，由于嫉妒心和恐惧心而轻易行动，就会失去盟友，陷入想象不到的圈套。

冯亭拉赵抗秦

“拉赵抗秦”是战国时期韩国上党郡太守冯亭在秦国进攻面前所采取的联赵抗秦策略。

公元前 262 年，秦昭王派大将白起攻打韩国，占领了野王城（今河南沁阳）。野王城，位于太行山南端，濒少水，临黄河，是从韩国的上党郡（今山西长治一带）南渡黄河，进入韩国都城郑地（今河南新郑）的孔道。秦军一举占领野王，即将韩国拦腰切为两段，割断了其南北间的联系，迫使韩国献上党郡向秦军求和。上党郡太守冯亭见南入国都的道路被截断，失去了同国都联系，同时，守地孤悬，既无援兵，又无粮济，不可能再战，但又不愿意束手献城，甘当亡奴，便采取了“拉赵抗秦”的策略。

冯亭认为，韩国城有限而秦国欲不厌，以上党郡不可能满足秦国吞食韩国的欲望，而只能调动其继续侵略的野心。因此，与其以上党郡归秦，“不如以上党归赵。赵若受我，秦怒，必攻赵。赵被攻，必亲韩。

韩、赵为一，则可以挡秦。”（《史记·白起王翦列传》）此乃完全之策。于是，冯亭即采取了一些秦祸东引，拉赵抗秦的谋略行动：冯亭首先遣使人赵，把上党郡所属的十七个邑，全部送给赵国；其次，冯亭东人赵国，叩首称臣，被赵孝成王封为华阳君。

冯亭的谋略行动，达到了预期的目的。公元前261年，秦王派左庶长王舵收取上党郡时，即遭到了赵国的坚决抵抗。赵将廉颇“依据上党地险，引援上党之民而据守”（《资治通鉴》卷五），不仅利用了山险，而且利用了韩国坚决抗秦的民心士气，军储充裕，城防坚固，使秦军无可奈何。

“拉赵抗秦”之谋的成功运用，使秦祸东引，加深了秦赵间的矛盾，促成了韩、赵统一抗秦战线的建立。同时，赵国筑垒固守，坚不出战，有效地消耗了秦军的力量，致使双方相持三年，不分胜负。

汉文帝收服南越王

当初，隆虑侯周灶攻击南越，正好遇到暑热潮湿的天气，士卒们害了大瘟疫，军队无法越过山岭。一年多后，吕后去世，就停止用兵。南越王赵佗因此就用武力威胁、财物贿赂闽越、西瓯、骆等族，使他们都归附南越。拥有东西一万多里的土地，乘坐天子的车驾，悬挂天子的大旗，称号、制度都和中国相同。

汉文帝为赵佗在真定的亲人坟墓设置守邑，每年按时祭祀；并且召见赵佗的堂兄弟，给他们高官做，厚赐宠爱他们。又派陆贾出使南越，赐书信给赵佗说："朕不是高皇帝嫡后所生，所以被安置在朝廷之外，在代奉守北面的边疆。由于路途辽阔遥远，消息不通，本性朴质愚笨，所以没有写信问候你。高皇帝离群臣而崩逝，接着孝惠皇帝也去世；吕后自己监临国家政事，不幸地生了病，诸吕乘机作乱，靠着功臣的力量，已把诸吕诛杀了。朕因为王、侯、吏等不应允朕的辞让，不得不立为天子；现在已经正式即位了。不久以前，听说你送将军隆虑侯书信，要求保护亲家、堂兄弟，并且要求免掉防守长沙的两位将军。朕为了你信里的要求，免掉了博阳侯陈濞将军，你在真定的亲人和堂兄弟朕已派人去慰问，并且整修好你祖先的坟墓。前几天听说你在边境发动军队，不停地侵略，危害百姓。在那时候，长沙百姓因战事关系，生活困苦，南郡尤其厉害；就是你自己的国家，也不可能得到什么好处吧！因为战事一发，一定会杀死很多士卒，伤害了良将官吏，使别人妻子成寡妇，使别人儿女成孤儿，使别人父母孤独无依；得到的好处只有一点点，而丧失的却有十倍，这种事朕是不忍心做的。朕原先想厘定和你百越相错的长沙土地，问主管的官吏，官吏说‘这是高皇帝当初为间隔长沙土地而划分的’，既然这样，朕就不敢擅自改变了。现在朕纵使得到你的土地，也大不到那里去；得到你的财物，也富不了多少。所以朕愿意划分五岭以南的地区，由你自己统辖。虽然你现在已号称为帝，但和朕两帝并存，却没有一个使者来往互通讯息，是会引起争执的；两帝争执不相退让，这是仁者不愿做的事。朕希望和你彼此放弃以前的嫌隙，从今以后，一直到永久，都能照常互通使者。”

三十六计之远交近攻

陆贾到了南越。南越王很害怕，向陆贾叩头谢罪，愿意接受文帝诏令，永远做汉朝的藩臣，奉守进贡的职责。于是下令全国老百姓说：“我听说两雄不能够并存，两贤也、不能够并生于世。汉朝皇帝是个贤明的天子。从今以后，我要除掉帝制、天子车驾、天子大旗等。”就写书信给汉文帝，内容说：“蛮夷大长、老夫臣赵佗冒昧而犯死罪，再拜上书给皇帝陛下，老夫原先是越的官吏，高皇帝赐给臣赵佗玉玺，封为南越王。孝惠皇帝即位时，为了道义，不忍心断绝对我们南越的照顾，所以赐给老夫很优厚的财物。吕后主政时，才把我们看成蛮夷，不和中国相等，颁出命令说：‘不要给蛮夷南越金钱、耕田器具、马、牛、羊等器具和家畜；就是要给与，也给公的，不要给母的。’老夫的国家处在偏僻的地方，马、牛、羊年龄已老，将来死光了没有母的可繁殖。所以自己认为没有祭品不能修好祭祀之礼，会有该死之罪，就派内史藩、中尉高、御史平等共三人上书给吕后谢罪，但都没有回返。只听说老夫的父母坟墓已毁坏铲平，兄弟宗族等以罪论死。所以老夫的官吏就相互讨论说：‘现在对内被汉朝所压制，不能振作奋起，对外无法表现本国的高人一等，和他国不同，’所以更改名号为帝，自己做本国的帝王，并不敢做有害天下的事。但吕皇后听说老夫自立为帝，非常生气，削去南越的属籍（越本受汉封，汉把越看成诸侯王，所以属籍于汉），派使者去，也不能通达讯息。老夫私下怀疑长沙王是个谗佞的大臣，一定是他在破坏老夫和汉的关系，所以就发动军队攻打长沙王的边境。老夫住在越已经四十九年了，到现在已经抱孙子了。可是仍然早起晚睡，睡也睡不安稳，吃也吃不出美味，眼睛不看细肤丰润的美女，耳朵不听钟鼓美好的乐音，原因是不能够事奉汉朝，心情不好的缘故。现在很幸运地陛下能够哀怜我们，让我们回复原来的封号，像以前一样地互通使者，而能够回复汉臣；老夫就是死了，名声也不会毁灭。老夫现在就改掉封号，不敢再称为帝了。”

陈矫远交近攻

陈矫，三国时代智士，字秀弼，广陵东阳（今江苏金湖县西）人，明辨是非，通晓事理，善以正撼人，振聋发聩。关键时刻，常常一言九鼎，举足轻重。

陈矫避乱到江东和东城，辞去孙策、袁术的任命，返回本郡。广陵太守陈登请他担任功曹，派他到许昌，对他说：“许昌的人们议论，说我的不足之处，您为我了解一下，回来赐教。”陈矫回来说：“我听到远远近近的议论，很有一些人认为您骄傲自大。”陈登说：

"家门和睦，讲道德，有高行；这方面我敬佩陈元方兄弟；为人冰清玉洁，知礼知法，这方面我敬佩华子鱼；自身清正，憎恨丑恶，有识见，讲道义，这方面我敬佩赵元达；见闻广博，记忆特强，超群出众，这方面我敬佩孔文举；具有英雄气概，超凡脱俗，有图王称霸的韬略，这方面我敬佩刘玄德：我敬佩这样一批人，哪有什么骄傲的！其余的人都是些凡夫俗子，哪里值得一提呢？"陈登志趣如此高雅，但对陈矫很敬重、友爱。

广陵郡匡琦城被孙策围困，陈登命陈矫向曹操求救。陈矫劝曹操说："我们郡虽然小，却是地理形势很有利的地方。如果承蒙您救援，让我们成为您外边的屏障，那么就会挫败吴人的计谋，徐州那一方永远安宁。您的武力声威会震慑远方，仁爱也会像大水一样流遍各地。那些没有臣服的地方，会闻风归附。推崇仁德、树立威望，这是帝王之业啊！"曹操认为陈矫不同一般，想留住他。陈矫辞谢说："我国正处于危急之中，我本是跑来告急的，纵然没有申包胥的成效，怎敢忘记弘演的牺牲精神呢？"曹操便派兵去援救。吴军后退，陈登多设伏兵，指挥军队迅速追赶，大败吴军。

汉武帝远交朋友

汉武帝从投降汉朝的一个匈奴人口中得知：西方有一个大国叫月氏国，月氏国和匈奴有仇，痛恨匈奴，久欲报仇，只是没有人帮助他们。汉武帝就准备联络月氏国，从月氏国去攻打匈奴，斩断匈奴的右臂。于是派张骞带领 100 多个人出使西域。张骞在路上被匈奴人截住，留在匈奴十多年。后来他想办法逃了出去，到了西域诸国，却没能和月氏联系上。回来后，他向汉武帝做了介绍，汉武帝听了才知道，在匈奴西边还有那么多大国，他们像中国人一样务农、牧畜，也有珍贵的物产，他们也喜欢汉朝的物品。如果给他们送些礼物，和他们交好，用礼物和道义同他们来往，这样，使得万里之外语言不通的部族联合起来，共同对付匈奴，那么匈奴还有什么可怕的呢？

于是，汉武帝多次派张骞和其他一些人带着很多汉朝的礼物到西域去，和大宛、康居、月氏、滇越等国建立了关系，有了来往，后来的事实证明这对汉朝征服匈奴的确大有帮助。

“隆中对”与联吴抗曹

诸葛亮的“隆中对”，是分析当时形势，确定“联吴抗曹”，富有斗争策略意义的一篇对策。在这篇对策中，诸葛亮根据当时客观形势，指出曹操强盛，最大顽敌，应要集中力量以对付之，但在未完成一切必要措施之前，无法与之争锋。其次，孙权势力亦相当稳固，同时在曹操严重威胁下，因此正好利用孙权来共同对付曹操，以确定“联吴抗曹”的外交政策。这就抓住当时重要之敌——曹操。至于刘表、刘璋这两个政权，则都有隙可乘，应当抓紧机会将其地盘夺取过来，然后在内政外交各方面做好准备工作，分兵进取中原，统一中国。

魏蜀吴三国鼎足之势已成之后，诸葛亮与曹操在争夺地盘时，都非常注意争取次要敌人，以攻击主要敌人，当时较为保守的东吴，都是他们积极争取的对象。

首先就刘备而言，诸葛亮于草庐之中已作过精辟分析。诸葛亮认为刘备取得荆益两州以后，应该巩固孙权联盟，然后军事上从汉中江陵两大战略营地，在条件成熟时，两面夹攻洛阳。所以刘备在攻克汉中以后，即命驻防荆州的关羽，进兵襄樊，北向宛洛，使此作战计划成为实际。

建安二十四年七月，关羽进攻樊城，樊城守将于禁投降，庞德俘擒被杀。与此同时，关羽又出兵攻打襄阳，樊襄形势危急。操得知关羽进攻樊襄消息，亲来前线驻扎洛阳，指挥战局。当时因许都离前线太近，曹操开始一度曾想将首都迁往邺城，后恐人心动摇，停止迁都计划。

在十分危急关头，曹操集中全力以对付关羽的同时，注意拉拢孙权，利用孙权消灭关羽，以解除襄樊的威胁。当时曹操战略就是抓住主要之敌关羽，争取次要之敌孙权，采取矛盾利用，各个击破方针。操之谋臣司马懿与蒋济，劝操利用孙权与刘备之间矛盾，对孙权采取外交攻势，加深他们的分裂以破坏吴蜀联盟。蒋济认为：“刘备，孙权，外亲内疏，关羽得志，权必不愿也，可遣人劝蹑其后，许割江南以封权，则樊围自解。”操认为此计可行，并采纳之。

吴蜀之间为争取荆州，确有矛盾，为曹操所用。荆州是三国时代战略重地，守之可得天下，所以曹操、孙权、刘备都在争夺荆州。就孙权方面而言，刘备得益州之后，势力开始强大，如果再占据荆州，势必在其建邺上游出现一个强力的霸主，这叫孙权如何安心？

再如以吴国君臣对于荆、益二州觊觎已久，而现在落于刘备之手，这岂能不使他们眼红？故当操写信给孙权，许割江南以封之，孙权便积极行动起来：一方面派吕蒙偷袭关羽根据地江陵，同时作书与曹操，表示愿袭杀关羽来报答，并请求曹操不要将此军事秘密让关羽知道，使关羽有准备。这样，曹操争取到次要之敌孙权以联合作战，对付主要之敌关羽，使其陷于围困之中。

不久，曹操率部进驻摩陂，并增派十二营到宛县前线，拨给徐晃指挥。同时，徐晃亦配合全局，开始对关羽进行反攻。这时孙权命吕蒙偷袭江陵已经得手，关羽听到根据地已失去，只得迅速撤退。归路军队溃散，羽没有退到江陵，即在十二月间被孙权擒杀。曹操此次利用孙、刘矛盾，消灭关羽，不但解除樊城的威胁，而且就战略而言，还使蜀汉失去荆州重地之路，以后诸葛亮几度对魏用兵，只能出秦川一路，而无法“命一上将将荆州之众以向宛洛”。蜀汉两面钳击之攻势从此流产。此后对魏蜀战争来讲，于曹操方面极为有利。

荆州之失守，说明一个问题，刘备对于诸葛亮的联吴外交，始终不大重视，至少没有做到缓和对吴国紧张的形势。对于镇守荆州人选，尤其处置不当，他不应该留下关羽守荆州。关羽其人，“刚而自矜”，既缺乏政治外交手段，又缺乏政治头脑，如何能让他孤悬一方，抗衡吴魏？当荆州失守，关羽被害之后，他忿而伐吴。“群君多谏，

定三分隆中决策

一不从”；在出师时，黄权曾“请为先驱以尝寇”，他不听，等到大军为吴将陆逊所败，他还说：“吾乃为逊所折辱，岂非天耶！”可见他对吴根本就瞧不起，对吴蜀联盟根本不重视。抓不住主要敌人，乱打一气，如何不败。

刘备死后，诸葛亮辅阿斗，将全部精力放在改革内政与对外关系问题上。诸葛亮始终主张联吴抗曹，

他深知，以弱小之蜀国，与强大之魏国为敌，非先联络吴国不可。将吴国联络好以后，它纵然不能协同攻魏，蜀亦可无东顾之忧，而得以全力对魏，魏则不能不以一部分兵力防吴。因此诸葛亮于辅政之初，即派邓芝使吴，重申旧好。此时，孙权还未与魏断绝来往，迟迟不肯接见邓芝，邓芝即上表曰："臣今来，亦欲为吴，非但为蜀也。"孙权方才接见。但孙权仍旧以蜀弱魏强为虑，邓芝曾给他解释："吴蜀二国，四州之地。……蜀有重险之固，吴有三江之阻，合此二长，共为唇齿。进可并吞天下，退可鼎足而立，此理之自然也。大王今若委质于魏，魏必上望大王之入朝，下求太子之内侍。若不从命，则奉辞伐叛。蜀必顺流，见可而进。如此，江南之地，非复大王之有也。"孙权听此议论，觉得确有道理，于是便和魏断绝关系，与蜀联和。从此蜀吴盟好，不但诸葛亮攻魏之师得以大举，就是终蜀之世，两国和好关系亦未断绝。此可证明，诸葛亮外交政策之正确无疑。

李氏父子的分化战略

李渊原是隋朝太原留守，贵族地主出身，在隋末农民战争年代，乘机而起，以争天下。当时农民起义军在北方边境上有李乾、薛举、梁师都、郭子和、刘武周、高开道等部；在黄河流域的，有李渊、王世充、李密、窦建德、孟海公、徐园郎等部；在江西一带有沈法兴、林士弘、肖铣等部；在江淮之间有杜伏威、宇文化及陈棱等部。在长期激烈战斗中，李渊父子运用战略战术，先后击败这些对手。

李渊在太原起义，首先得到山西豪杰响应，取得很多地主的支持，很快召集数万队伍，并决计西进关中。在此期间，面临两个急需解决的问题：一是强大突厥屡袭太原，对李渊西进是一个严重威胁；二是李渊曾镇压过农民起义，与农民为敌，现在如何对待农民起义？李渊采取了两面手法：对待突厥关系上，他派刘文静去进行与李乾、薛举、梁师都、刘武周一样称臣于突厥，在最大的限度内和突厥取得妥协；对农民起义态度上，则采取软化拉拢手段，与李密建立友好关系，并推李密为主，其目的将在农民起义空隙中保存自己力量，并求得发展。此一斗争方法的运用产生显著战略效果：其一，李渊向西进军，得到李密支持，并使李密阻挡住东部隋军，以便利自己西进；其二，突厥因为李渊对自己称臣，不加防备，停止对太原侵扰，使李渊集中兵力向西扩张；其三，李渊进入关中，改编许多支起义军，在很短时间，得到精兵九万，军事力量因而大大加强，向西进军并占领长安。

李渊集团进入关中之后，山东群雄自相竞逐，自相残杀，因此李渊集团的战略计划，第一步即打击西北一带割据力量，从而巩固并扩展他们自己统治，割据西北一带是李轨、薛举、梁师都与刘武周等，均和突厥相勾结，为消灭西北一带的割据势力，必然遭到突厥反对。如何解决此问题？李渊集团采用分化瓦解、矛盾利用、各个击破斗争策略。首先打击对象是盘踞在兰州、天水一带之薛举。薛举企图联合梁师都，并勾结突厥共同进攻，但此企图并未实现，唐以金帛厚贿突厥，拆散他们之间联盟。同年，唐利用李轨与薛举之间矛盾，与李轨通书结好，使薛举陷于孤立，从而消灭薛举集团。

薛举之子薛仁杲投降之后，唐之进攻刀锋指向割据河西武威一带的李轨。唐除结好吐谷浑使李轨孤立之外，主要用分化手段瓦解李轨集团，亦即李轨集团内部分裂因果，为李唐所用。事实就是如此：唐将安修仁安兴贵返家“奕世豪望”拉拢过来，安等在公元619年5月发动政变，结果李轨集团被消灭。唐占取河西地方。

当唐用政治分化手段，进攻李轨时，刘武周却于619年3月勾结突厥进攻太原。但在此场斗争中，唐军终于取得胜利。唐之胜利，应归功于李世民的善于用兵，但唐拆散刘武周与突厥的联盟，从而使刘武周势力孤单，亦是不可忽视的原因。

唐打败这几个力量之后，背后与侧面的威胁基本上解除，因此西北一线的军事行动，暂告一段落，而将它的进攻锋芒指向东方广大地区。

自618年李密兵败到唐军东进两三年间，东方与南方农民兼并战争形势已有很大变化。兼并结果，只剩下山东王世充、河北窦建德及南方杜伏威三支最大力量，此三支力量的总和是超过李唐集团的，但是三支力量中任何一个则赶不上李唐集团，如果此三支力量是个统一力量，与唐对抗，谁胜谁负也很难断定。但实际情况是，他们不仅分散，而且还处于敌对状态，例如王世充进攻窦建德的黎阳，窦建德就进攻王世充的殷州，以报黎阳之役，这样一来，胜负之数即不难断定。

还在唐向东进攻之前，李渊即已调兵遣将，派遣说士到东方活动，并将李密旧部与以前反隋起义军（如王薄等）拉拢过来。尤为重要者即江淮地区之杜伏威，亦接受唐的封号，与唐合作，并于621年派兵助唐，此即唐在政治上取得的一个极大胜利。这个胜利又使唐在战略形势上取得极为有利的地位。窦建德的北方罗艺盘踞的幽州，罗艺早已降唐，西方的山西是唐的领地，窦建德与王世充已经受唐的两面包围，而杜伏威与唐合作，唐对窦建德、王世充的包围形势便已形成。

620 年 7 月，唐稳定西北局势之后，即由李世民统帅大军，进攻王世充，王世充自知不敌，向窦建德求救，为了维持夏政权在河北、山东的统治，为向西部作进一步发展，窦建德对李唐的进攻王世充决不会坐视不救，在 621 年 3 月击败孟海公之后，亲率十万大军援助王世充。

唐遣李世民前去虎牢，据险御敌，阻止窦建德西进，然后伺机而战，将窦建德打垮。此计运用结果，窦建德为虎牢之险所阻，不能西进，陷于进退维谷之境。5 月间，唐军伪装粮草完尽，引诱窦建德军前来决战，窦建德中计，全军出动，自板渚出牛口布阵，北距大河，西薄汜水，南达鹊山，长达二十里。李世民立于高处看窦建德的阵势，曾说窦军“风险而嚣，是无纪律，逼城而阵，有轻我心”。即不难看出此军的动态。

李世民按兵不动，以逸待劳，用部分部队吸引住窦建德军全部。直到晌午，窦军“士卒饿倦，皆坐列，又争饮水”，阵势紊乱，李世民看到决战时机已到，乃以轻骑渡汜水，进攻窦军。此时窦建德与群臣正在聚合，仓卒应战，阵势大乱。李世民率精税插入窦军阵后，并改换唐旗帜，窦军更加混乱，甚至迅速溃散。唐军追杀三十里，俘获五万余人，窦建德亦受伤被擒。

这是决定性战役。窦建德败亡之后，王世充看到大势已去，不得不自缚投降。王世充、窦建德与杜伏威是统一战争中东方三大实力，彼等的成败是统一战争胜败关键之所在。杜伏威归附于唐，窦建德、王世充先后失败，这个关键问题已为李唐所解决，因而可以说唐已取得胜利，统一战争基本上已告结束，在中国历史上代隋而立即为唐帝国。

在对敌斗争中，善于利用敌人矛盾，进行分化瓦解工作，往往能够起到军事斗争所不能起到的作用。如成吉思汗在向外扩张斗争中，即利用各国之间矛盾，分化瓦解，各个击破。第一，成吉思汗利用蒙古人民对金之仇恨，发动对金战争，先后两次击败金人，金人蒙古版图。第二，利用汉人、契丹与女真统治者之间矛盾，以孤立金国统治者，在战斗最激烈时，契丹人、汉人往往倒戈，多叛附蒙古军，以致造成金国失败。第三，利用各国内部矛盾，各个击破。成吉思汗所进攻的国家的政治腐败，内讧频繁，相互敌视，相互混战，这些矛盾正好为成吉思汗加以利用，分化瓦解，各个击败。所以，蒙古对外战争不长，率领军队不多，竟席卷半个世界，建立起庞大的蒙古帝国。可见，政治上施展阴谋诡计，能起着军事斗争所不能起到的作用。诚如辛弃疾所言：“阴谋之守坚于城，阴谋之攻惨如兵。”

长孙晟离强合弱北攻突厥

离强合弱，北攻突厥的始谋者为隋朝名将长孙晟。

公元581年，隋文帝代周之后，停止向突厥输送金帛并放弃和亲的办法，而采取防御和抗击的方针，突厥统治者对此十分怨恨，常常南下侵扰，威胁隋王朝的统治。隋朝虽然在北部加固了长城，增筑不少城寨、亭障，在幽州、并州等地屯兵数万加强防守，但是仍不能阻止突厥的南进。为此，隋王朝不得不在战略上重新进行谋划。曾经出使突厥，了解突厥山川形势和部众强弱的隋将长孙晟认为，突厥四可汗分立，但其内部矛盾重重：摄图立为大可汗，其叔玷突实力最强，而位在摄图之下，心怀不满；其弟处罗侯曲意收揽人心，为摄图所忌，心怀疑惧；其从兄弟大逻便力量较小，畏惧摄图，采取左右逢源的态度，谁强就依靠谁。尽管如此，但突厥兄弟叔侄各拥重兵，实力尚强，“难以力征，易可离间”（《隋书·长孙晟传》）。于是，他建议隋文帝采取“离强合弱”的谋略，先分化、孤立、削弱摄图的力量，然后“承衅讨之，必可一举而空（灭）其国”（《隋书·长孙晟传》）。隋文帝用其策，并发重兵反击突厥。

马孟起兴兵雪恨

为了成功地运用“离强合弱”的谋略，取得北攻突厥作战的伟大胜利，隋王朝采取了一系列具体的策略措施：

先打后拉，稳住陈朝。为了解除北攻突厥的后顾之忧，避免陷入两面作战的不利态势，隋王朝采取先打后拉的策略稳住了陈朝。公元 581 年 9 月，隋文帝派兵分路攻陈。次年春，陈叔宝为隋的威力所震恐，割还胡野（今江苏六合西南，长江北岸）求和。隋文帝顺水推舟，许结盟好，即命隋军班师。陈叔宝既慑服于隋军的声威，又满足于暂时的苟安，因而在隋北攻突厥期间，始终未采取任何行动。

利用矛盾，离间突厥。为了分化、削弱突厥的力量，隋文帝于公元 581 年派太仆元晖出伊吾（今新疆哈密），结好玷厥，由西面牵制摄图；派车骑将军长孙晟出黄龙（即和龙，今辽宁朝阳），联络奚、𩨨、契丹等部及处罗侯，游说他们站到隋王朝一边，从东面牵制摄图，从而分化了摄图的力量，使突厥"首尾猜嫌，腹心离阻"（《隋书·长孙晟传》），为军事进攻创造了有利的形势。

承衅北进，击首伤体。隋王朝经过三年的离间和军事准备，到公元 583 年春，整个形势已经发生了有利于隋而不利于突厥的显著变化：其内部相互猜疑，矛盾尖锐；境内旱蝗灾害严重，水草干枯，疾病流行；加上连年作战，赋税不济。隋王朝遂集中兵力，以摄图为主要打击目标，分路出塞进击，在白道（今内蒙呼和浩特西北）大败突厥军，摄图潜草中逃走。隋军重创摄图，使突厥统治集团内部因战败而互相责难，以致自相残杀。

军政并举，打抚结合。在军事打击的同时，隋王朝利用突厥内部不断加深的矛盾，争取了玷厥、处罗侯、大逻便等部的归附，使摄图完全陷于孤立，最后被迫向隋投降。隋对归降各部均予以安抚，使他们安居其地，保持隋王朝北部地区的安宁。

“离强合弱”谋略的成功运用，保证了北攻突厥之役的胜利。此役巩固了隋北部地区的防务，为南进灭陈创造了条件。

汉谟拉比统一两河流域

公元前 1792 年，汉谟拉比继承王位，成为古巴比伦王朝的第六任国王。当时的巴比伦疆域狭小，国势很弱，而周边却是强国如林：西北有玛里，东北有埃什努那，南边有伊新、乌鲁克，东南有拉尔萨，北面是亚述，东面是善战的伊兰人。

为使巴比伦强盛起来，汉谟拉比致力于发展经济，几年后巴比伦便财茂物丰。雄才大略的汉谟拉比并不满足于此，他的奋斗目标是吞并诸国，统一两河流域。为此他采用了远交近攻的战略。

汉谟拉比把南方的近邻伊新确定为第一个吞并目标。为达到这一目的，他向强大的亚述帝国俯首称臣，极尽讨好之能事，同时又和拉尔萨密切友好关系。其后，汉谟拉比联合拉尔萨一举灭亡了伊新，并顺势吞并了乌鲁克。

后来，汉谟拉比又联合饱受亚述欺凌的玛里，共同对付亚述。公元前1783年，亚述国王沙玛什亚达德一世去世，汉谟拉比乘机帮助原玛里国王吉摩里利姆复位，接着两国军队开向亚述，占据了亚述的南部地区，亚述帝国从此一蹶不振。

为进一步拉拢玛里，汉谟拉比出兵帮助玛里击退了西边游牧部落和东邻埃什努那的进攻，使玛里国王吉摩里利姆同他结为刎颈之交。

看到巴比伦北部再无强敌，汉谟拉比又把吞并的矛头指向昔日的盟友拉尔萨。公元前1763年，汉谟拉比联合玛里国军队打败了拉尔萨。

当玛里国王吉摩里利姆深感自己处境不妙时，汉谟拉比已将大军摆在玛里城下，原为“兄弟”的吉摩里利姆被迫向汉谟拉比称臣。两年后，吉摩里利姆发动叛乱，被汉谟拉比诛杀。

公元前1755年，汉谟拉比又征服了最后一个邻国埃什努那。这样，经过30年的征战，汉谟拉比终于统一了两河流域。

汉谟拉比为了能够统一两河流域，在政治上运用了“远交近攻”的谋略，不断分化瓦解周边邻国，达到了各个击破的最终目的。

西山军联郑攻阮

1771年，越南平定省发生了阮文岳、阮文惠兄弟领导的农民起义，起义军号称西山军。

当时，越南的北方是郑氏政权，南方则是阮氏政权。经过一年的激战，西山军终于消灭了阮军的主力。与此同时，北方的郑氏政权也想乘机捞一把，便派将领黄五福率兵南下，攻占阮朝首都富顺。没料想，西山军与黄五福军队交上火后，因寡不敌众，大败而归，退回到归仁。

为避免腹背受敌的不利局面，阮氏兄弟经过一番考虑，决定采取“远交近攻”之计，利用郑阮之间的矛盾，拉拢一方打另一方。于是西山军主动与郑军讲和。郑军此时正因军中流行瘟疫，战斗力大大削弱，所以也愿意与西山军修好。这样，阮文惠成了郑氏政权的“壮节将军”，阮文岳成了“前锋将军”，而实际上他们并没有投降和交出军队的指挥权。

西山军与郑军和好以后，得到了休整恢复的机会，并着手巩固归仁根据地。因北方无战事，西山军便全力以赴地打击南方阮氏政权。

在1776年和1778年，西山军两次讨伐阮军，均获成功，实力日益壮大。在这种情况下，阮文岳自称为西山王，取消郑氏所赐的各种封号，宣布完全独立。后来阮文岳自称为皇帝，发兵攻打北方，到1786年消灭了郑氏政权，独霸一方。

面对郑氏和阮氏两个敌人，西山军将郑氏视为“远敌”，暂时结盟，将阮氏视为“近敌”，兴兵讨伐。最终在消灭了阮氏之后又灭亡了郑氏。

塔列朗创造外交奇迹

1814年4月6日，拿破仑皇帝在内外交困下被迫宣告退位，流放地中海上的厄尔巴岛，波旁王朝复辟。反法联盟几十万大军驻扎在巴黎等地，法国面临着极大的威胁。5月13日，塔列朗被任命为波旁王朝的外交大臣后，他参与了一系列外交活动，显示了高超的外交才能，创造了外交奇迹。

首先，塔列朗要与同盟国谈判缔结和约。当时，同盟各国完全可以把法国瓜分，或者勒索巨额赔款，使法兰西民族濒于灭亡。塔列朗为改变法国这种处境，展开了积极的外交活动。他利用自己多年来与拿破仑一直貌合神离暗中出卖为资本，以同盟国“自己人”

的身份讨价还价，为法国争得利益。早在3月31日，塔列朗就与俄国外交大臣涅谢尔罗捷一起，代表俄国沙皇亚历山大起草了《告巴黎人民书》，后作为盟国的宣言发表。现在，塔列朗又利用列强需要对各国都有利的均势（俄国首先需要有一个强大的法国与普鲁士对抗）和对法国尚存的几十万军队的恐惧，于5月30日和同盟国在《告巴黎人民书》的基础上签订了《巴黎和约》，规定：法国仍然保留1792年疆界内的国土。战败的法国，居然能保持它的领土完整，甚至不必付出赔款，这不能不被认为是一个奇迹。

但是，更大的奇迹还在后头。为讨论法国放弃的被其征服的土地的归属问题，列强决定召开维也纳会议。1814年6月24日，伦敦会议决定：维也纳会议必须根据俄、英、奥、普四大国的安排进行。但在伦敦会议上，已暴露列强之间的重重矛盾。俄国一心要吞并华沙大公国，普鲁士十分垂涎萨克森王国，而英、奥不愿俄、普再扩张。《巴黎和约》使法国逃过了毁灭的厄运，保存了国家，但已非昔日的强国。它不能让列强拼命扩大地盘，从而使自己降为次等国。为此，塔列朗受命参加维也纳会议。

出席会议之前，塔列朗作了周密准备。首先，他替路易十八起草了带往维也纳的训令。这项训令的核心，是为了保住法国已取得的外交成就，并实现法国关于安排战后欧洲政治布局的主要目标。目标中最重要的两条，就是防止俄国吞并波兰，摧毁普鲁士鲸吞萨克森的计划。

曹阿瞒割须弃袍

接着，塔列朗又开始在四大国中寻找盟友。英国传统的欧洲政策就是大陆各国保持均势，它充当仲裁，从中渔利，因而特别反对俄国扩张。塔列朗决定先同英国接触。维也纳会议前，英国外交大臣卡斯尔累到巴黎与塔列朗会谈，同意法国摧毁俄国吞并波兰的计划。这次会谈，成为塔列朗取得成功的重要因素。

1814 年 9 月 23 日，法国使团到达维也纳后，塔列朗马上鼓动如簧之舌，在反法同盟之间挑拨离间，设法搞垮这个同盟。虽然会议中的显要人物许多曾是塔列朗旧日的对手，而且他的叛变名声不好，但他坦然自若，行为举止竟像个战胜国派出的高贵使者。因为他看到，失去了共同敌人后，同盟者从第一天就互相咬起来了。俄国称霸欧洲的威胁使得别的列强需要同法国拉关系。这正是塔列朗的可乘之机。

塔列朗的第一步棋是设法挤进四大国会议，取得发言权。他先是振振有词地向四国提出，同盟国与法国既已签订和约，维也纳会议的文件上就不该再出现“同盟国”的字样，为同盟国的解体制造根据。后又提出“正统主义原则”。用以捍卫法国的利益，使法国免遭瓜分，同时又用来遏止普、俄扩张。塔列朗把这条原则先同卡斯尔累、梅特涅商量，征得他们的同意，俄、普最后也只得接受。战胜国首先根据这个原则来安排各国疆界，如各大国的要求仍得不到满足时，便分割拿破仑统治过的小邦或小盟国作为“补偿”。

塔列朗在维也纳会议上最重要而艰巨的任务是为波兰和萨克森问题上同亚历山大进行的斗争。

9 月 30 日，塔列朗声明：第一，法国只承认会议所有成员参加的会议通过的决议；第二，法国希望波兰回到 1805 年或 1772 年第一次被瓜分前的状态；第三，法国不同意任何牺牲萨克森独立的分割。同时，他在一些小国间拼命煽动，俨然像个维护小国利益，反对各大国的骑士。暗地里，他又在大国中接近奥、英，反对俄、普。

各国对俄、普间关于波兰和萨克森的私下协议，本来就很不满。法、奥认为萨克森作为一个缓冲国存在是很重要的。因此，塔列朗起劲鼓动奥国出来反对侵犯萨克森，并扬言法国有 20 万军队，有时还说有 40 万，暗示自己对俄、普的野心还是有实力作为后盾的。

为了波兰问题，塔列朗两次与亚历山大激烈交锋，但沙皇自恃有 20 万军队占领波兰，寸土不让，后又宣布要任意处理波兰问题。普鲁士为造成既成事实，干脆侵入萨克森。一时间，各国关系紧张，面临着再次爆发战争的威胁。

俄、，普两国的贪婪，给塔列朗造成了破坏旧反法同盟、建立新反俄普同盟的时机。12 月 25 日，他试探着向卡斯尔累建议成立英奥法同盟，当时后者还下不了决心。可是没过几天，局势又进一步紧张了。12 月 30 日，俄国大使声称非照俄国的方案办事不可。卡斯尔累当场提出抗议。次日，他余怒未消地前来拜访塔列朗。这时，塔列朗又提出建立英法奥同盟。卡斯尔累立即表示同意，并提出由他来起草条约的草案。1815年1月3日，三国代表签了字。这是个秘密防御同盟条约。英、奥、法三国宣誓一致行动，保证《巴黎和约》的实施；三国在它们中间任何一国受到攻击时，有责任立即互相支援；法、奥各出兵15万，并配备相应的大炮辎重；英国若不能提供规定的士兵人数，则要为每个士兵付出20英镑；建立军事委员会，万一俄军进攻西欧，要订立联合军事计划。条约上签名的顺序是塔列朗、梅特涅和卡斯尔累。

从这天起，在召开四国会议时，梅特涅和卡斯尔累就坚持要请塔列朗也参加会议。1月11日，塔列朗被正式邀去参加四国讨论每个问题的会议。从此，四国会议变成了五国会议。而在五国会议上，总是3票对2票，问题就好解决了。法、奥、英在波兰问题上只得让步，但在萨克森问题上，塔列朗的方案胜利了：把萨克森分成两半，少而贫的一部分划给普鲁士，多而富的一半留给萨克森国王。

经过几个月的外交角逐，塔列朗取得了重大胜利。现在，法国重新成为强国之一；各大国保证遵守《巴黎和约》，法国保住了1792年的领土完整；英、俄、奥、普四国反法同盟瓦解，而有利于法国的法、英、奥反俄、普的同盟秘密成立了；塔列朗挤进了四国会议，使决定国际问题的会议都能听到法国的声音；法国东北部仍保留有一个较强的缓冲国萨克森，使法国的世仇普鲁士未能因鲸吞整个萨克森而变得更强大。

法国处境迅速改善，这要归功于塔列朗创造的外交奇迹。

利用矛盾，又打又拉，争取盟友，瓦解对手，这是塔列朗成功的秘诀。国与国之间只要有相同的利益，化敌为友是完全可能的。塔列朗充分施展个人的外交才能，深谋远虑，手段灵活，既坚持了既定方针，又作了必要的妥协，终使反法同盟变为英、法、奥反俄、普的同盟，创造了外交上的奇迹。

坎宁远交以制近

拿破仑帝国崩溃后，欧洲的各君主国结成神圣同盟，企图长期联合霸占欧洲。英国受到了排挤和孤立，在卡斯尔累任外交大臣期间，他极力推行支持神圣同盟、追随欧洲各国君王的路线，企图以此来讨好他们。

1822 年，坎宁接替了外交大臣的职务，他决心打破神圣同盟的大一统局面，恢复英国在欧洲事务中的领导作用。

18世纪末、19世纪初，拉丁美洲国家掀起了反对宗主国殖民统治的独立运动，坎宁抓住这个时机采取果敢行动，同神圣同盟展开了直接的交锋。1823年，神圣同盟决定由法国派兵前去镇压拉美的独立运动，遭到坎宁坚决反对。他声明只承认拉丁美洲国家的现实，即承认他们的独立，反对任何武装干涉或把这些殖民地转入法国之手的企图。坎宁还向美国发出呼吁，希望两国联合发表声明，制止神圣同盟的干涉。与此同时，坎宁又派出舰艇巡弋于大西洋，任何从欧洲开往美洲的船只，不得英国的同意，就不能通过。

由于武装干涉受到阻拦，1824年，神圣同盟的核心人物梅特涅建议就拉丁美洲问题召开全欧会议。坎宁表示英国决不参加这样的会议，也不承认会上通过的任何决议。不仅如此，他还建议内阁尽快同拉丁美洲独立国家建立外交关系，进行贸易谈判，争取早日打入这个广阔市场。1825年1月，英国承认了阿根廷、哥伦比亚、墨西哥等国家的独立，同他们建立了外交、贸易关系。坎宁的政策给了梅特涅及其神圣同盟的声誉以沉重打击，给欧洲大陆的自由主义势力以鼓舞，恢复了英国在欧洲的威望，也赢得了拉美新独立国家对英国的好感。

普军以谋胜奥军

公元1866年，奥地利和普鲁士多年来为争夺德意志统治权而进行了奥普战争。普鲁士为了这场战争，作了周密的准备，从战略的制定、外交活动的配合、直接的战争准备等多方面筹划在先，为普鲁士作为盟主统一德国奠定了基础。

普鲁士参谋长老毛奇制定了战略计划，战略指导是打一场速决战。计划规定：切断奥地利与其盟邦的联系，派出三个军团深入对方腹地，继而在决战中将奥军击溃。以此战略指导，普鲁士首先在军队内部作了大幅度的调整、充实，改组，并将最先进的武器装备军队；其二，积极展开外交攻势，为保障其战略的实现，达成战争的目的，派出外交官多方游说，与意大利结成了军事同盟，并积极活动，争取俄国和法国保持中立；其三，在普军内部实行普遍的义务兵役制，准备充足的兵源，并抓紧战斗准备；其四，充分利用普鲁士经济上发达的有利条件，为战争作好经济上的准备。奥地利由于战争接连失利，实力减弱，期望依靠其盟邦巴伐利亚、萨克森、汉诺威和黑森来赢得战争，战略指导以消极防御来延缓战争的进程，积聚力量，等待时机，联合盟军粉碎普军。战前双方兵力普鲁士 63 万人，奥军 30 万人。普鲁士充分利用其发达的铁路网和电报，迅速地完成了各军团的动员和战略展开。在博格米亚宽 250 公里的正面上，在短时间内就集结了约 28 万人、800 门火炮。普军 6 月 8 日进攻荷尔斯泰因。6 月 16 日，普军占领汉诺威、萨克森、黑森。巴伐利亚未履行出兵 10 万的义务，奥地利没有得到援助。6 月 17 日，奥对普宣战。20 日，意大利履行意普军事同盟的条款，对奥宣战。这样，就迫使奥军处于对普鲁士和意大利两线作战。这是普鲁士战略指导谋高一招，从此就更使奥军陷入被动的地位。普鲁士军在获得可靠的战略翼侧和后方的保障下，兵分三路，大举进攻；第 2 军团 127000 人由王储弗里德里希·威廉指挥，从东北向明兴格雷次方向攻击；第 1 军团 97000 人，由弗里德里希·卡尔亲王指挥，从北面向赖兴堡方向挺进；第 3 军团 50000 人，由比通非特将军指挥从西北向明兴格雷茨方向进攻。6 月 27 日～30 日间，在纳霍德和明兴格雷次附近进行几次交战，奥军被迫后撤。7 月 3 日，在萨多瓦、刻尼格累次地域进行了最大的一次交战，奥军惨败。奥军亡 18000 人，被俘 24000 人。8 月 23 日，普鲁士和奥地利在布拉格签订和约。

奥普战争的结局，是建立了以普鲁士为首的北德意志联邦。普鲁士因获得汉诺威、石勒苏益格——荷尔斯泰因、黑森——卡塞尔和纳绍而扩大了其版图，同时也与德意志南部各国分别订立了有利的军事同盟。

半路出家的研究所长

在重大的科研领域，“远交近攻”演化为未来科研目标与现实科研方向步骤的辩证关系。

“远交”是未来目标，“近攻”是现实基础。重视未来，坚定信念，开拓现实，以此指导个人对事业的追求，指导科研工作一步步展开，才能有所成就。

江苏省金坛县的茅山东麓，有一个专门研究人工合成昆虫和植物激素的生化研究所。该所 1978 年建立，目前已经取得多项重大科技成果奖，人工合成 40 多种昆虫激素，得到国家科委的多次嘉奖。

所长朱平仇是半路出家闯进这一科学领域的，昆虫激素的合成也不是他的专业范围，刚来时，他甚至连“昆虫激素”这个名词都很陌生。

这是个新兴的科学领域，六十年代才刚刚开始起步，它要求研究者具有化学、医药、生物学等多种学科的综合知识。在我国，这个学科还几乎是个空白。

朱平仇不仅是个科学家，还是很有才华的企业家，他将这一才华运用到科研所的全面指导工作上。

他为自己和科研所制定了“远交近攻”的科研方针，所谓“远交”是指自己目前不懂的，一时也无法攻取的知识，这是长远的奋斗目标；所谓“近攻”则指围绕目标的实现，以自身现有的知识水平为根据地，一步步扩大知识面，日积月累，逐步实现长远目标。

朱平仇在要求全体科研人员的同时，自己首先以身作则。他先从昆虫学入手，翻阅大量国内外有关昆虫的资料和专著。几年过去，仅用英语作的读书笔记就有厚厚的三大本。

一门科学掌握了，接着再攻克与之相近的另一门，结合着严谨的科学实验，全所员工团结努力，终于获得了成功。

先是人工合成的保幼激素，接着又是棉红蛉虫性激素。成果一个接着一个。

如今，朱平仇仍在带领全所员工向植物激素的新领域进军。

眼前与长远，谁能处理好这二者的关系，谁就能获得成功，个人创业如此，科研攻关如此，发展企业更是如此。